U0919285

青春的结尾，是爱过

爬上青春大坡的顶端前，给爱情一眼销魂的回眸

快刀青衣 / 著　　胖兔子粥粥 / 绘

译林出版社

图书在版编目（CIP）数据

青春的结尾，是爱过 / 快刀青衣著；胖兔子粥粥绘.
—南京：译林出版社，2014.2
ISBN 978-7-5447-4685-4

Ⅰ.①青… Ⅱ.①快… ②胖… Ⅲ.①长篇小说－中国－当代
Ⅳ.①I247.5

中国版本图书馆CIP数据核字（2013）第271895号

书　　名　**青春的结尾，是爱过**
作　　者　快刀青衣
绘　　画　胖兔子粥粥
责任编辑　陆元昶
特约编辑　武中豪
出版发行　凤凰出版传媒股份有限公司
　　　　　　译林出版社
出版社地址　南京市湖南路1号A楼，邮编：210009
电子信箱　yilin@yilin.com
出版社网址　http://www.yilin.com
印　　刷　三河市祥达印装厂
开　　本　889×1194毫米　1/32
印　　张　6.25
字　　数　130千字
版　　次　2014年2月第1版　2014年2月第1次印刷
书　　号　ISBN 978-7-5447-4685-4
定　　价　25.80元
译林版图书若有印装错误可向承印厂调换

目　录

自 序

当接到提交一篇序的任务时，我冒出了一阵阵的冷汗，翻遍通讯录，实在不认识什么全国级别的名人。而小区级别的名人我只认识一个，那就是我闺女西西。每天小区广场上，她总是最白的姑娘。只是当我让她帮我写一篇序的时候，四个月的她一挤眼，尿在了我的手上。

被逼无奈，我只有自力更生，作为一个题目上所标榜的“80后小男人”，一定要能熟练地运用互联网。我输入了“自序”两个字企图找找模板，却没有想到最出名的“自序”作者居然是司马迁。我慎重思考了10分钟，在这个正在逐渐尊重知识产权的时代，放弃了篡改《太史公自序》的想法。搜索引擎是神奇的，让我从“自序”看到了“自白”、“自学”、“自尊”、“自豪”，再一直看到了“自残”、“自杀”、“自虐”……我这才发现，原来一个人，也能做这么多的事情。

但是有些事情是一个人绝对无法做到的，那就是爱情。本书里所选的文章都是讲述男男女女的爱情故事，从校园的林荫小道到毕业后的柴米油盐，一个个温暖的幽默的故事可以让没有谈过恋爱的人心存向往，让正在谈恋爱的人甜甜蜜蜜，让刚刚失恋的人走出阴影。说完广告词，那么就实实在在地谈谈这些文章的出生历程。

心境决定文章，心情决定力度。也许鲁迅先生写文章的时候满腔都是对现实的控诉、对不平的愤怒，所以他才能写出那些犀利的文章。而我大批量地写校园小说的时候，却正好是我恋爱开始的季节。恋爱中的点点滴滴，有太多值得写出来，让自己也可以让朋友们看到有些爱情可以很纯粹，可以没有钱没有房，只有两个人快快乐乐。当然，不得不说的是，这些校园小说换来的菲薄的稿费，也让当年的那个穷小子可以经常坐火车奔波于两地，将自己有限的创作收入全部交给了祖国的铁道事业。而现在，当年的女友早已成了老婆，并且在今年，我们的孩子西西出世了。我早已决定留下一本书给她当礼物，只不过 18 岁之前绝对不让她看，免得她早恋。

我在网上找了一个每年都在出新书的美女作家，诚恳地询问她如何才能让自己的序言写得更加生动活泼、贴近生活，让人民群众喜闻乐见。她没有丝毫保留，完全抱着提携同行的崇高思想告诉我，一定要当一名文艺青年。虽然女文艺青年更吃香一些，但是这个要求对于我来说比较难，所以我只能成为一名男文艺青年。成为文艺青年的第一步就是要会转悠，特别是一些人迹罕至的小胡同、废弃的火车道（注：一定要是废弃的轨道，如果是在高铁轨道上，那就不是文艺青年，而是玩命青年了），只有在这种地方才能体现文艺青年的专业程度。第二步是要随身带一卡片机，拍路边的小野花、胡同口的大黄狗、不知有水没水的水井，记住尽量不拍人物，更不要拍美女，否则会有偷拍的嫌疑。第三步是每到一个地方，第一张照片一定要是手持相机，视角垂直向下拍自己光脚穿双白色帆布鞋的照片，绝对不能像旅游团大妈那样，下了大巴就来张“茄子”。美女作家不忘安慰我说：“脚臭不要紧，反正照片上闻不出来。”第四步是一定要在文章里不时地出现一些特别小众的电影和书籍的名称，最好是法国的，这样其他的文艺青年才会接纳自己。

第
五步，
她
告诉
我，
文艺青年
一定要
多用回车键，
就算没文化，
也能很文艺。

只可惜经过尝试之后，我不得不承认自己距离文艺青年的要求非常远。又有一位大师教导我一定要煽情，用华丽的语言描写自己投身写作生涯是多么的不易，在无数个夜晚一个人孤单地待在昏黄的煤油灯下写作，收到每一笔稿费的时候都颤抖着流下感激的泪水，总而言之，要把读者感动得泪如尿崩。这么一说我倒觉得真的不好意思起来，至少书里的每篇爱情故事诞生的时候我总是很开心，很没心没肺。

很喜欢某位记者朋友写的介绍，特摘录以下几句话：“尤其是女孩子，想必看了他的这些文字会笑得更欢。为什么呢？因为这些个小男小女斗智斗勇的故事啊，全都是小男人幸福地宠爱小女人的故事。别看快刀青衣将一个个小女人描述得那么刁蛮、任性、霸道，可是宠爱着她们的小男人都是那么无私地爱着她们，都是竭尽所能地用一种‘委屈’的方式忍受着甜蜜的‘折磨’。无奈、愁苦、麻烦算什么！只要他爱得心甘情愿，再苦都是甜！一切风花雪月、海誓山盟的爱情，都比不过快刀青衣笔下这些小男人的小情趣、小感动。其实，他想要告诉我们，生活和爱情充满了无可预料的变数，但是只要乐观面对生活，积极地去感受，勇敢地爱，那么，生活就处处充满了欢笑。”

很感激有这么一个机会出版这本书，从第一篇到最后一篇，这些故事整整贯穿了我七年的光阴。很怀念七年前一无所有张扬的青春，也很珍惜如今幸福的柴米油盐。希望这本书能带给大家微微一笑，那我就已经心满意足。

Chapter.1

小美女，你就从了我吧

那一季矮竹竿的春天

话说初二那年，我的身高犹如进口钓鱼竿一样不断地拉长拉长，在班里第一个冲破了 1 米 65 的大关。我的志向是成为中国男子篮球队的主力中锋，让姚明当我的替补。她总喜欢像跟屁虫一样跟在我的身后，个子小小的，完全是没有发育的青涩的小学生模样。在她眼里，我是那么的高大。

别的女孩都在叽叽喳喳地谈论用什么样的口红比较好看又不会轻易被老师发现时，小诺还是喜欢跟我坐在一起聊 NBA，聊足球联赛，完全没有其他女孩那种窈窕淑女的模样。她仰着头问我："你以后会找什么样的女朋友？"我拍拍她的脑袋说："要找一个身材一级棒的模特或者空姐，那样走在大街上才会成为众人的焦点。反正会比你高比你漂亮。"她撇撇嘴，没有说话。

也许是世界上庸俗的人太多，所以也就有了很多庸俗得近乎雷同的故事。小诺搬了家并且转了学。有朋友说小诺家一定是中了彩票大奖，怕你们知道，然后才举家搬迁。我愤怒地冲上去和他打了一架，说小诺不是那样的人，她一定是遇到急事才走的；小诺家一定不是因为中了彩票才走的，因为小诺曾答应我，如果有钱的话就会给我买一个斯伯丁篮球；还有，我家就是卖彩票的，小城一直无人中大奖。

如果我们俩就此错过，那么就是中国版的《东京爱情故事》，完治和莉香就那么越走越远；如果我们在一起并且殉情，那么就是现代版的《梁山伯与祝英台》。只可惜我们在几年后又再次遇见了，没有抱头痛哭，只有惊诧，仿佛看到了校园版的《美女与野兽》。

其实我篮球中锋的梦想早已破灭，在所有小伙伴都跟吃了催化剂一样玩命疯长的时候，我在初二就已经1米65的身高坚如磐石，一动不动，偶尔的变化也是因为我看书驼背导致又低了0.5公分。在高中，老师很照顾我，每次都和颜悦色地说："你个子低，来，坐到第一排吧。"外号从"竹竿"变成"矮脚虎"的落差让我的性格极度脆弱和敏感。

高三，夏末，窗外无风。我就坐在第一排，远远看着那边操场的风景。有人踢足球，有人打篮球，只有我百无聊赖地坐在教室里发呆。这时忽然从门外走进来一个女孩，穿一件白色小T恤，背着白色小背包，身材高高挑挑。她看到我的傻样，对我粲然一笑，酒窝浅露。我傻傻地抹了抹嘴巴，因为，口水好像出来了。她居然向我走过来，居然坐在了我的身边。当我正在羞涩得不敢抬头的时候，她甜甜地叫着："竹竿哥，我是小诺。"那一刹那，我知道了什么是五雷轰顶，也知道了什么是山鸡变凤凰。

班主任走了进来，小诺马上站起来指着我说："老师，我想和他坐在一起。"我听到旁边有同学窃窃私语："果然是大城市来的，一点儿都不害臊。但是她怎么认识矮脚虎呢？"班里的任何一对男女同学只要有早恋迹象，班主任就会将其立刻扼杀在萌芽状态。但是他看了看小诺，又看了看我，显然觉得我肯定无法造成什么威胁，就答应了小诺的请求。

上课，第一排，老师的眼皮下，我们俩用作业本热烈地交流。我知道她在上海待了三年，知道了她那个酗酒的老爹因为离婚把她带到了上海，也知道了她因为受不了那边的生活才回到了小城。只是我让她不要叫我“竹竿哥”，她不同意，委屈地说她在上海都没有一个朋友，她的朋友只有一个“竹竿哥”。我无话可说了，只得苦笑三声以示委屈。

“竹竿哥，下课了，陪我去买个冰激凌吃吧。”小诺拉着我的胳膊说。我无奈地站起身，只听到小诺惊呼：“你怎么跟初二时一样高？”旁边的同学愕然，先是几秒钟的寂静，然后哄堂大笑。我还听到一个家伙怪声怪气地说：“‘猪肝哥’？我还‘猪蹄妹’呢！”小诺走到那家伙面前，冷冷地说：“你说什么？有种给阿拉再说一次！”我的脸一阵红一阵白，什么也不说，走出了教室。

小树林的石凳上，小诺静静地坐在了我的身边。两个人坐着，不停地踢着脚下的石子。直到上课铃声打响，我们俩也没有说一句话。

森过来找我聊天。以前他从来不会找我聊天，不过现在不一样，因为来了个小诺。森一脸媚笑地问小诺：“你有多高呀？你的身材真棒！”小诺大方地说：“我 1 米 74。”我眼睛盯着物理课本，但是脑袋里一直算着一道数学题：“174 厘米减去 165 厘米等于多少？如果以后我一年长 2 厘米，小诺身高不变，等到几年后可以赶上她？”可惜这道算术题只是假设罢了。我会长高吗？小诺会成为我“矮脚虎”的“扈三娘”吗？

我是如此的敏感和脆弱，我不去理睬小诺，但是又竖起耳朵听他们所说的每一句话。

“这黑板上写这么大的‘174’是什么意思呀？”

“这是表示离高考还有 174 天，你以为这是说你的身高呀？”

“哈哈，我可没有这么以为，我还想说你们怎么知道我智商是 174 呢！”

我决定下个星期三不来上课，因为那天黑板上会出现“165”的字样，我会想起我的身高。

森跑去跟老师说小诺个子太高，挡住了后面同学的视线。老师让小诺坐在了倒数第三排，森的旁边。小诺临走的时候，轻轻地对我说了句：“竹竿哥，我坐后面了。”浓浓的失落吞噬着我的矜持，我想要张口却不知该说什么。“你真的没话对我说了吗？我从一数到十，你要是不说话，以后就当我们从来不认识。我开始数了，一，十！”我马上跳起来，说：“哪有这么玩人的？不能这么快。”小诺眉开眼笑地说：“你终于说话了，我还以为你是一块石头呢！”

但是小诺还是坐到了后面，离我很远。我每天上课都把腰挺得很直，企图挡住后面同学的视线，然后就可以顺利地坐到后面去。可惜除了老师夸我听讲认真外，没有人注意到我那笔直的腰杆。接着我把一些课本垫在了板凳底下，心想这次终于可以挡住后面小胖的视线了。可惜两节课后，我一扭头发现小胖正在我的掩护下，趴在桌子上打起了幸福的小呼噜。

临近高考的时候，整个空气都变得急躁起来，我的压力、我的偏执、我的悲伤无人可说。

小诺来之前，我只有森一个可以说话的朋友；小诺来了之后，我连唯一一个可以说话的朋友都失去了。不止一次地看到她裙裾飘飘地坐在森的单车后座上扬长而去，我唯一能做的就是拼命学习，用让别人惊叹的成绩掩盖自己的毫无自信。

正当我又做完一套卷子长出一口气的时候，一身运动装的小诺抱着篮球跑过来说：“竹竿哥，一起打球去吧！”她还是一如既往地叫我“竹竿哥”。我感动地正要站起来，森走了过来，对小诺说：“走，我们俩去吧。他是从来没有打过篮球的，一般身高不到 1 米 7 的只喜欢玩乒乓球。”尖刻的话刺得我满身是伤，但是我依然微笑着说：“我这边还有很多题要做，你们去吧，玩得开心点。”远远地看到窈窕的小诺和森玩着篮球，我眼前的试卷也变得模糊了许多。

我开始不当老师的乖乖仔了，开始逃课去跟一帮老朋友蹦迪，一边被呛得咳嗽一边抽着香烟，只因我看到的一本杂志上出现的话：“男人如果不够高又不够帅的话，那么你需要的是一点儿坏”。我要把自己变得坏一些。很显然班主任最先受不了这个刺激，受不了我把头发染成一缕一缕的蓝色，受不了他最得意的门生一夜之间成了社会渣滓。

当我正扶着车把，对着几个穿吊带小可爱的女孩吹口哨的时候，小诺就那么无声无息地站在我面前，冷冷地盯着我。我一阵心虚，但是还是竭力装出小流氓的样子说：“嘿，美女，看什么呢？”她把一个本子扔在我怀里，然后转身走了。

这是我的本子，这是我几天前被偷的本子！几天前，我在这本子上写了一段话：“鸟儿和鱼儿很早就相爱了。但是他们现在生活在两个世界。鸟儿在水面上来回地飞着，无助地拍打着翅膀。等到累的时候，鸟儿飞去了另外的天空，鱼儿潜到了海底最深处。我就是那条小小的丑陋的鲫鱼，而小诺是一只可爱的百灵。我离她太遥远太遥远。”今天的本子上，那段话后面被添上了几行娟秀的字：“我就是那只远飞归来的鸟。如果上帝可以给我一对鱼鳍，我会舍掉自己的翅膀，一头扎进你那片蓝色海洋。我也不是什么百灵鸟，我一直是你的小麻雀。”我激动地马上向操场跑去。

她果然在树下等我。我傻笑着站在她的面前，看着她的脸，仰视。她还是甜甜地喊我“竹竿哥”，拉着我说：“咱们俩打篮球吧。”我看着她的满脸期望，重重地点了点头。

运球，过人，投篮，被盖帽。

运球，过人，投篮，又被盖帽。

运球，不过人，直接投篮，还是被盖帽。

当我气喘吁吁地坐在场边休息的时候，小诺歪着头说：“竹竿哥，你想知道我现在打篮球为什么打得这么好吗？”我摇摇头，好奇地问：“难道你去NBA练了两年？”她没有笑，眼睛看着远处篮筐下生龙活虎的篮球男孩，慢慢地说：“以前，你也是那么喜欢运动。你那次说以后要找一个模特或者空姐当女朋友，我知道我这辈子就别想成为空姐之类的，但是我想努力学打篮球，那么至少也可以陪你打打球。有几个模特或者空姐会打篮球的？不过没想到在上海打篮球居然长了这么高。”

我们约定，一定要上同一所大学。所以我和小诺在最后的冲刺阶段会找个安静的地方，坐在一起看书。记得那时昏黄的路灯下，我们就那么安静地坐在花坛边背书，看得累了，小声聊会儿天，然后接着看枯燥的课本。偶尔我们也会一起去看一元一场的老电影，看刚出道时刘德华的稚嫩，看《星球大战》，看鬼故事。填写高考志愿的时候，她刚从洗手间出来，我正准备把领出来的志愿书递给她。她说：“你填吧。手湿。”我就特别听话地在两个志愿书上写下“首都师范大学（首师）”。她没有骂我，只是指着黑板上写的“离高考还有20天”的那个硕大的“20”说：“这就是你的智商。”

考试完后，我忐忑不安，一半为了她，一半为了自己。

很幸运，我考上了。很不幸，她落榜了。

成绩出来的那一刻，我的眼睛雨雾蒙蒙。

一直不敢对她表白什么，我怕一切如梦。如今梦醒才发现，枕头已经湿了一片。

我仿佛已经看到劳燕分飞的结局，暗自后悔自己为什么不把卷子留成空白，和她一起沉浸在失败的泪水中相依相偎。

我一直不敢拨通她的电话，怕我的喜悦反衬出她的悲伤，怕我的悲伤加剧她的失望。我不敢对她描述新学校的种种情形，说坏处怕她说我刻意为之，说好处怕她又生悲伤情愫。

每次号码拨到一半，我都悄悄放下。我只能央求朋友帮我搜寻关于她的丝丝毫毫的信息，我只能在孤独的夜里悄悄地想起她。

但是我忽然在一个阳光明媚的星期五，就在首师的篮球场上，看到了她的身影。我静静地站在场边，一动不动。我怕是梦，一动就消失无痕。

她甩了甩湿漉漉的马尾，一边擦汗一边向场下走。就那么不经意地一抬眼，她看到了场边的我，马上扑上来捶着我说："你这个没良心的，考完试就不跟我联系了，我问你们家人也不告诉我，你是不是有新欢了？"我正要解释，她又嘤嘤哭了起来，哽咽着说："你怎么能不跟我联系呢？竹竿哥，我们说过要一起上自习的。"我推开她，冷静地说："你先等一下，我现在脑袋还有点晕。我以为你落榜了呢。""我是少数民族，可以加分。你没良心，我落榜你就不跟我联系了？我还以为你又找了模特或者空姐呢。"

小诺喜欢逛街已经超过了喜欢生命本身。但是对于我来说，身高继续持平于1米65的我每一次陪身高1米74的她逛街归来，就等于是参加了一场受万人瞩目的马戏团表演，而我就是那马戏团里的猴子。她在街上还是会大声地喊着："竹竿哥，快点儿跟上，不要休息了。"

初一时……
竹竿哥，你好高大威猛啊！
170
165
160
150
很崇拜
高三时……
还是1米65
165
长高了
竹竿哥，我们去打篮球吧。
……好……
竹竿哥，继续啊！
不玩了，你还是叫我猪肝哥吧！
被轻松盖帽

我达成了初二时的理想，找到了一个身材一级棒的女友，走在街上也成功地成为众人的焦点。虽然在他们眼里，我只是一堆被插上鲜花的矮牛粪，但是至少我是一堆达成了理想的幸福的牛粪。

我的下一个目标是：阻止她再买任何一双高跟鞋！

我要追系花

我终于上大学了。

我的内心深处一直涌动着一种渴望，那就是希望下辈子不要让我这么帅。因为从小跟老爸一起出去，街边的大妈大婶都要抱抱我，然后争论我到底是像刘德华还是周润发，没人会提老爸的名字。

进了高中，想谈恋爱，老妈语重心长地教育我说："乖，等上了大学咱们再谈恋爱，要不就一朵鲜花插在牛粪池里了。"

当我第一天迈进大学的校门，我就在心里暗暗地鼓励自己："老刀，咱终于取得了恋爱初级证书了，咱一定要大显身手。咱一定要把每个系的系花都追到手。"

第二天，还没等我对全校的院系作细致入微的考察，我就追到了一个系花。当我端着饭从篮球场经过时，只见一个稍显丰满的女生从一个男孩头上抢下篮板球，我不由得叫好。然后那个女生回头看了我一眼，突然就把篮球准确地甩了过来。以前只玩过乒乓球的我大骇，慌忙扔掉饭盒，双手抱头蹲到地上。正当我闭着眼睛等待与篮球的亲密接触时，有个人轻轻地拍拍我的头，慈母般地说："乖，不怕，球在我手里呢。"一睁眼，只见那个女生就犹如宝塔一样站在我的面前，我顿时被她的高大和威武所倾倒。旁边一个男生大声喊着："系花，还打不打球了？"当我知道她是系花的时候，我决定就从体育系开刀，就如同过年也要杀最胖的那只动物一样。

追上她一共用了我三个冰激凌，一篇初中时写给同桌的情书和一次模仿 F4 的深情告白。在我都为她被喊系花而脸红时，无意间我发现了事实的真相。她的身份证上清晰地写着姓名"石细花"。她的年龄整整比我大了三岁，我为自己成为老牛嘴里的嫩草而伤心。每当我看她看得想要吐的时候，她总是可以轻而易举地把我拉到那游泳池边的跳台上，并且以要跳下去引发另一场唐山大地震要挟我。为了人民的生命财产安全，我忍辱负重和她在一起，陪她扔铅球，陪她扔标枪，陪她打篮球。虽然我不相信恋爱可以给人幸福，但是我相信恋爱至少可以给人健康的体魄。有一次因为我看他们体育系健美班真正的系花跳舞看得入迷，一个五斤重的实心球就和我的脚丫子来了个对对碰。这件事促使了我和她的分手，我无法忍受她的残暴，她无法忍受我那被一个实心球就砸骨折的脆弱身体。等我的脚伤养好后，她身边已经站着一个 1 米 93 的彪形大汉，并且她用 140 斤的体重作小鸟依人状。

第二个受害者是我所在的计算机系的系花。虽然自古就有"兔子不吃窝边草"的名言，但是窝边有草又何必满山跑呢？我从来没有见过一个如此爱计算机的女生，每天热衷于上网编程，并且非常鄙视我上网必开 QQ 的行为，口头禅就是"小样，等着，看我不黑了你！"一日中午，因为网吧旁边坐的男生不小心踢到了她的脚，并且只说了句"Sorry"，并没有说"对不起"，她就开始频繁地扫描对方端口，不停地发送邮包炸弹，嘴里还不停念叨着：“看我不炸死你小样的！”从中午12点开始，我一直崇拜地看着她在噼里啪啦地编程。6点整的时候，旁边男生的屏幕忽然断电黑屏。计算机系花长出了一口气，心满意足地喝起了可乐。旁边的男生惊慌地喊着：“老板，我这儿怎么黑屏了？”远处传来一个让人绝望的声音：“你的会员卡没钱了！”她嘴里的可乐全部喷在了我的身上。我不明白她为什么离那男生那么近不去直接拽他的电源线，她说这就是网络流氓和街头流氓的区别。

接替“黑客”位置的是生物系的美女。也许是懂得养生保健之道吧，和她在一起的时候我吃得白白胖胖的。因为她学的是兽医专业，所以她对待我永远都是轻声轻气。在我生气的时候，她总是轻轻地抚摩着我的头发，趴在我耳边喃喃细语，我为自己能找到如此温柔贤惠的女朋友而振奋。某天经过一个建筑工地，有头拉沙的小毛驴惊了，她勇敢地走上去，轻轻地抚摩着它的鬃毛，趴在它的大耳朵边喃喃细语，过了一会儿，小毛驴就变得温顺无比，但是我仿佛看到了自己的影子。而加速我们分手的是因为她的学业。她是个很爱学习的认真的女孩子，所以当他们开通了烟草检验和啤酒酿造课后，她总是认真地一只手里夹一根香烟，另外一只手里端一杯啤酒出现在我的面前，并且每次必然提醒我吸烟的姿势不太规范。

告别了二手烟和酒鬼的生活，我把目标瞄准了艺术系学影视表演的系花。她完全可以当上校花，每次看到她巧笑倩兮，我就觉得心先酥了一半。为了追上她，我是下足了工夫。当我每天恶补二十部经典影视剧，补够一个月的时候，正式向她发动了淋漓的攻势。我冲到她面前，激动地喊着：“我不管你是男是女，我只知道我好中意你！（电影《金枝玉叶》）”她吃惊地看着我说："我知道要想不被人拒绝，最好的办法就是先拒绝别人。(《东邪西毒》)"我向她伸出手去，"看在党国的分上，拉兄弟一把吧！（《南征北战》)"她一个耳光扇过来，气愤地说："不打得你面露桃花，你就不知道花儿为什么这样红！（《宝莲灯》)你小心我一手一个掐吧死俩，拧成麻花，挖坑埋喽。(《鬼子来了》)"不过在我和她对话了十分钟后，她终于答应了和我一起吃饭，我欣喜地大声喊着："为了胜利，向我开炮！(《英雄儿女》)不见鬼子不拉弦！(《地雷战》)"

我买了西瓜去孝敬她，她吃完之后擦擦嘴巴就要走。我去拉她的手，她怒气冲冲地说："甭说吃你几个破西瓜，老子在城里吃馆子都不交钱！（《小兵张嘎》)"她不让我牵她的手，我狠狠地说："出来混，要讲信用。说了杀你全家，就一定杀你全家！（《古惑仔之人在江湖》)"由于我出言没有经过审查，被她连掐带拧，我忍住疼痛微笑着说："古有关云长全神贯注下象棋刮骨疗伤，今有我凌凌漆聚精会神看A片挖骨取弹头！"(《国产凌凌漆》）我到最后实在是黔驴技穷，早已经没有那么多经典电影来满足她畸形的表演欲望，只得伤感地对她说："如果我走了，你会像马达一样去找我吗？会。会一直找吗？会。会一直找到死吗？会。你撒谎。(《苏州河》）纵使相知百年，还是要各奔前程。(《新蜀山》)"分手第二天，她犹如雕塑一般屹立在我的宿舍门口，嘴里不停地说："拿个猴皮筋，做弹弓砸你家玻璃。(《谁说我不在乎》)"最后她落寞地离开了，托人捎给我一张纸条："晚上睡觉别盖太厚的被子，别穿过紧内裤，早睡早起，多想想共产主义事业。(《顽主》)"

当我对爱情疲惫的时候，也正是我免疫力最低的时候，此时我陷入了物理系系花的爱情圈套。在物理系，基本上流传着一条不成文的规定，体重低于120斤，或者身高高于1米65的女孩都算是美女。而追我的那个物理系系花无疑是里面最漂亮的一个，不过放在艺术系，基本上属于影响环保的角色。和她在一起后，我才明白了理科女生的单纯，也不再为其他女生的敏感而伤透脑筋。当有一天我介绍一对情侣给她认识的时候，无意中说："他们两个人感情很好，是指腹为婚的那种。"系花纯纯地拉着那个女孩说："啊，几个月了？"正在大家都迷惘的时候，她看着我们说："难道指腹为婚不是指着女朋友的肚子对爸妈说我们要结婚了吗？"此话一出，晕倒一片。不过她的动手能力还是很强的，曾经因为她们宿舍有人上完厕所不冲马桶，她就找了两根铜线，拿一些导电铜片贴在马桶不显眼的地方，导上低压电，然后就静静地站在厕所门口等待倾听尖叫声。当我听了这个故事后，每次上厕所之前都要摸一下马桶，看看是否导电。胆战心惊的日子我不想再过，所以就毅然提出了分手。她没有埋怨我，而我只是会在骑自行车或者在网吧上网的时候被莫名其妙地电到PP抽筋。

我正待在宿舍里慨叹爱情的变幻莫测的时候，室友鬼鬼祟祟地跑进来对我说："帅哥，有个建筑系的女孩听说你现在单身，非常想追你！"我摆摆手说："没兴趣，你帮我拒绝了吧！"他吓得腿一软，跪倒在我面前："大哥，你自己去吧，那个女孩就是工民建三班的那个经常左手拖一根钢筋，右手拿一块板砖的女孩，你还是自己搞定吧！"我拿出化学系系花送给我的醋酸准备洗脸，哀怨地说："难道长得帅也是我的错吗？如果有下辈子，我一定不要这么帅，一定不去追什么系花。"正在这时，上铺的室友冲进来，抓起我的醋酸，一股脑地倒进了拉面碗里，开始狼吞虎咽地吃面条，嘴里还赞美着："这白醋味道真不错。"

临近卷起铺盖离开校园的时候，我为自己的追系花计划写了个详细的总结报告。在全校所有的系里，只有一个系的系花我没有追上，我不想自己的大学生活存在这么大的遗憾，就托同学打听地质勘测系的系花。最后的消息让我震惊：地质勘测系没有女生，唯一可以和女生拉上关系的是师哥们以前找到的恐龙化石，那可能是雌性的。

我打定了主意，明天去恐龙馆！

你好，我是猪头

当我被一阵轻微的声音从梦里惊醒的时候，突然发现林毅坐在窗户边，呆呆地看着满天的星星，然后在看星星的间隙，把一个卷着大葱的煎饼塞到嘴巴里使劲咀嚼着。我爬起来，悄悄地站在他的身后。他感受到了我的动作，慢慢回头，用沙哑的声音对我说："我失恋了！"我使劲按住他的肩膀，然后安慰他说："煎饼给我撕一半！"

我永远忘不了那个夜晚，山东大汉林毅和我并排坐在窗户边，沐浴着银色的月光，一边啃着煎饼，一边谈着失恋的经历。林毅长叹一声说："其实我一进这个学校就知道我将和失恋为伴，现在证明了我的预感是准确的。"我疑惑地看着他，他解释说："我们是什么系？水利系！'水利'的拼音第一个字母合起来就是'SL'，正好和'失恋'一词吻合，可见上天注定我们这些学水利的将和失恋为伴。"当时，我被他的理论所折服，想不到他居然能从现象看到本质。只是我没有想到，如果这种说法成立的话，那么物理系的拼音第一个字母合起来是"WL"，那么他们2000多个学生岂不都成了无赖？其实林毅失恋的原因很简单，他喜欢吃大葱，而他的女朋友却是江南女子，两个人的生活习性就格格不入。但是林毅的失恋更让我坚定了大学期间不谈恋爱的决心，因为当天晚上林毅居然在梦里都在嘟囔着："煎饼，大葱，女朋友一个都不能少，煎饼卷女朋友，真好吃！"由此可见，失恋可使人精神紊乱。

第二天上午，由于睡眠不足我在课堂上沉沉睡去。但是就在我梦到自己带领中国队杀入了世界杯决赛的时候，突然旁边有人推了我一下，我马上跳起来大声喊道："裁判，推人，判点球。"接着就感觉到死一般的寂静，我怯怯地睁开眼睛，只见班里从老师到同学都在张大嘴巴看着我。我的脑袋只感觉到一阵阵缺氧，正要埋怨林毅为什么不叫我的时候，突然发现林毅仍然趴在桌子上发出轻微的呼噜声。我不由得一阵恼怒，狠狠地踩了他一脚，只见他跳起来大声喊："煎饼卷大葱，1块钱一个！"顿时，班里的同学再也忍不住了，哄堂大笑，讲台上的老师脸色阴沉，拂袖而去。

我吐了吐舌头，坐了下来，这时才发现自己左边坐着一个不认识的女孩。她很可爱，水灵灵的大眼睛好像两粒大葡萄，绯红的脸蛋就好像白里透红的仙桃，露在空气里的小臂白皙得如同刚出笼的大馒头一样。我不由得使劲吞了一下口水，暗暗地在心里骂自己没出息，不就是一顿早饭没吃嘛，怎么看到什么都能想到吃。她明显没有发现我微微红晕的脸，而是好奇地问："怎么以前没有见过你们？"我小声说："嘘，我们俩很少来上课的！"然后无意中一看手表，慌忙把继续睡觉的林毅摇醒说："快走快走，我们睡得时间太长了，这已经不是我们的课了。"两个人在周围人的哄笑声中匆匆离去。

酒足饭饱，我准备拿出 MP3 听上两段音乐，突然颜色大变，书包里新买不久的 MP3 已经不见踪影。就在我急得抓耳挠腮的时候，林毅在旁边嘲讽地说：“某些人一看到美女就慌得不晓得自己姓什么了，连 MP3 都丢到美女那儿了！”我抓着他的衣领大怒说：“你知道我忘记拿了，那为什么不提醒我？”他艰难地掰开我的手说：“我还以为你是故意忘在美女那儿，为下次见面创造借口呢！”我长叹一声：“连人家姓甚名谁都不知道，现在想找都找不到了。”林毅拍着我的肩膀说：“她说不定还在那个教室等着你呢，你过去看一下吧！”

虽然我知道距离我走出那个教室已经过了 4 个小时，她留在教室里的可能性很小，但是想想牛郎织女都能凭借鹊桥相会，那么还有什么事情不可能发生呢？当我走进那间教室，才不得不慨叹自己不是牛郎，她也不是我的织女。整个教室没有一个人，只有桌子上的几张废纸证明了今天这里曾经人声鼎沸过。

回去之后林毅一看我的脸色就知道了结果，他马上怂恿我说：“咱们写个海报吧，贴得满校园都是，那么她看到了一定会和你联系！”还不等我答应，他就开始找出大纸写了起来。我凑上去一看，不由得一阵昏厥：“我是一个帅哥，真的是很帅很帅的，曾经我用我的微笑迷住了一个大家闺秀，虽然后来我失恋了，但是我因为这段感情经历而更加成熟起来。你是我生命中注定的那个她吗？你有着瀑布般的长发和魔鬼样的身材吗？你有着温柔的性格和渴望有人呵护的梦想吗？来找我吧，我们将开启一段美妙的缘分！”而在这段斗大的字下面才有一行小字，上面写着：“P.S. 今日兄弟无意在某某教室遗落一个白色 MP3，望拾到者与我联系。”我小心翼翼地问：“请问这是寻物启事还是征婚启事呢？”他挥了挥手说：“没事，包在我身上，就算那个女孩看不到，说不定还有其他女孩为了这段缘分而买新的 MP3 过来充数呢。”

晚上，就在我和林毅跑到女生宿舍门外鬼鬼祟祟地准备贴海报的时候，突然听到一声惊呼：“啊！你们干什么的？”林毅吓得一哆嗦，浆糊摔到了地上，一塌糊涂。我们慢慢地转身，定睛一看，不由得喜笑颜开。林毅喃喃地说：“踏破拖鞋无觅处，得来全不费工夫！”原来面前站着的正是白天坐在我旁边的那个女孩，只不过我的眼神被她肩膀上的袖标吸引住了。她叉着腰训斥道：“你们怎么能乱贴东西呢？你们知道这墙上的纸撕下来有多难吗？”很显然，她还没有认出我们来。我小声说：“对不起，我们俩素质比较低。”林毅突然说：“你们聊你们聊，我先回去了。”说完转身溜之大吉，我不由得在心底怒骂他不讲义气。

带着“纪律巡查队”袖标的她努力装出深沉严肃的样子，在我面前大谈乱贴小广告的害处。我不得不打断她说：“不好意思，今天上课的时候，我就是坐在你旁边的那个人。我就是想问问你有没有见到一个白色的 MP3。”她仍然执拗地说：“这是两码事，先让我教育完你，然后再谈其他事。”从她的话中，我终于知道了她叫温莉，谁又能想到这么一个温柔名字的主人居然能训了我 10 分钟，如果不是因为 MP3，我早扯下她的袖标拿回宿舍当擦脚布了。

她终于停下来，忽闪着大眼睛歪着脑袋看着我。我突然发现安静下来的她有着一种夺人的美丽，但是想到自己的任务，就干咳了两声掩饰尴尬。她扑哧一笑，突然问道：“我们这儿有个 MM 学习小组，你有没有兴趣参加啊？”我一听马上振奋了起来，声音颤抖地问：“难道现在还有 MM 学习这门课？是不是讲生理卫生的啊？”她的脸一红，小声说：“当然不是，MM 是我们对马列主义毛泽东思想的简称。”我一听，就像武侠小说里经常说的那样“喉头一甜，差点吐出血来”！我双手合拢，装作要很大声的样子喊道：“耍流氓啦！耍流氓啦！”她大惊失色，慌张地说：“谁耍流氓了？别乱喊！”我看着她，微微笑着说：“我就是流氓啊，你耍我，难道不是耍流氓吗？”

她一愣，嘻嘻一笑说：“少给我油腔滑调的，乱贴东西，按照学校的规定，要罚款20元钱的。”我的脸上马上挂出一副小人嘴脸，谄笑着说：“你看你看，怎么还当真了？这样吧，明天中午我请你吃饭，这20块钱就算了，好不好？”她想了想，然后点点头说：“好！”完全没有我料想中的刘胡兰宁死不屈的坚贞。

回到宿舍的时候，林毅还没有睡，睁大了眼睛看着我说：“哥们刚才抽身而退，给了你们互诉衷肠的机会，是不是要感谢我啊？”我微笑着说：“在学生会的‘纪律巡查队’面前敢逃跑的人，一般都没有什么好下场，你等着奖学金被扣吧！”林毅小声问：“咱俩兄弟，你不会出卖我吧？”我嘿嘿一笑说：“你猜！”林毅坚定地说：“你不会出卖我！”我又笑道：“你再猜！”

第二天中午，我准时地站在了温莉的宿舍楼下，笔直挺拔的脊背，油光发亮的黑发，还有一脸阳光的笑容，自认为杀伤力巨大。每个从我身边经过的女孩都面带微笑地看着我。温莉从楼上满含笑意地下来，站在我面前，嘟着小嘴巴说：“你知道为什么会有那么多女孩看你吗？”我高傲地一扬脑袋说：“男人，就要对自己帅一点！”温莉抿着嘴笑，并且用眼神提醒我往下看。我一低头，就觉得脑袋里嗡嗡直响，因为我看到了自己的脚上穿着一只白袜子和一只黑袜子。我不由感叹道：“人生原来就是这般黑白无常！”

我和温莉坐在熙熙攘攘的食堂中，我甚至能感觉到很多男生对我投来利剑一般的目光。那种目光我很熟悉，以往每次看到一个猥琐的男生和一个漂亮女生在一起的时候，我也都会这么瞪那个男生。温莉把MP3递给我说："本来那天准备在那儿等你的，但是临时有事就走了，不过我在桌子上的纸上留言了，你看到了吗？"我摇了摇头，矫情地说："有些时候，当缘分来临的时候，只言片语虽未看到，却依旧能在心中感悟。"正在啃一块排骨的她愕然地看着我说："什么意思？"

这要归结于林毅昨天晚上对我的特训，他说初中女生一般都还没有脱离动物的本质，所以喜欢比较强壮的男生，这时会打篮球或者踢足球的人就成了她们眼中的白马王子。而高中女生更是发展到了能打架的男生才受欢迎，但是大学女生已经脱离了动物的本质，强调精神方面的享受，所以能写字或者是会玩音乐的男生才会受到女生欢迎。林毅强烈要求，我和温莉说的话一定要带有文学性。只是我不晓得林毅的山东快板算不算"会玩音乐"。

温莉突然皱着眉头说："这盘菜好咸啊！"我终于找到了展现自己男子汉气魄的机会，端着菜来到窗口，大声说："你们家买盐不要钱啊？怎么这么咸？快给我重新做一盘！"正在炒菜的大厨师扭头看了我一眼，然后抄起一只身上衣服被扒得干干净净的白条鸡放在桌子上，一刀把鸡头剁了下来，嘴里还说着："我让你再叫唤！"我端着盘子灰溜溜地回到座位，对温莉说："他们已经道歉了，不过这盘菜的原料已经没有了，我们就别强人所难了！"温莉两只大眼睛忽闪了两下，然后点了点头。

送温莉回宿舍之后，我飞奔回去，一把抓起正在睡觉的林毅说："兄弟，你要帮我，我发觉我爱上这个女孩了！"他睁大眼睛看着我说："昨天刚认识，你这就爱上了？"我扭捏着说："爱一个人，没有道理可讲嘛，人家这次真的是情窦初开！”其他几个兄弟突然从床上伸出头来，争相做呕吐状。林毅摆摆手说：“按照我大学三年失恋五次的经验来说，温莉这样的女孩需要的是浪漫和快乐的爱情，所以你不能再用那些老招数去追求别人了。”

一棵大树下，一个男孩正在专心致志地趴在地上抹着什么东西。对，这个人就是我，我正在地上用蜂蜜写出“温莉，我爱你”几个字。我甚至可以想象到当温莉看到密密麻麻的蚂蚁组成这几个字时的震撼表情，她一定会感动得眼泪哗哗的。只不过半个小时后，温莉从我身边的小路上经过，并且热情地和我打招呼，但是我扭头看了看发现树下依旧没有出现预料中的几个大字，最后只得半途而废陪温莉一起去图书馆。晚上当我回到宿舍大骂林毅的方法没有可行性时，来我们屋串门的一个生物系的同学听了我们的计划后，大笑道：“你们怎么不事先调查清楚呢？蚂蚁只要低于10度就要进入冬眠了，你就是在树下用蜂蜜洗澡它们都不会出来理你的！”我瞪了林毅一眼，不满地说：“没常识！”

林毅一计不成，再出一计。此时正值学校的校际运动会，林毅在我的背心胸前写了“温莉，好想和你谈恋爱”，然后就怂恿我去报了100米跑。按照我的想法就是等到自己拔得头筹奋勇夺冠之后，在万众瞩目的颁奖仪式上，我像刘翔一样跳上领奖台，披一面国旗或者床单都可以，然后在拿到奖杯之后，掀起自己的外衣，露出自己的示爱豪言。虽然当时温莉可能会不好意思，但是我相信她一定会被我感动。各个细节都筹划完毕，只忘记了一个细小的地方，那就是实力。发令枪一响，我就玩命往前跑，但是最后也只获得了第八名。我用仇恨的目光看着获得第一名的那个傻大个站在领奖台上左顾右盼，居然发现他也掀起外衣，露出了里面汗衫上的广告词“水是故乡甜，啤酒喝 **”。

温莉并没有因为我没有获得冠军而瞧不起我，她温柔地坐在我身边说：“没关系，你很勇敢啊！我从来没有见过一个人跑百米被人拉下了 50 米居然仍然不放弃，虽然你得了倒数第一，但是我仍然支持你！”我大吼一声：“我是第八名！”那天和温莉聊到了很晚，我最后甚至指着浩瀚星空说：“你看，流星！流星！温莉，快，许个愿望，很准的！”温莉哭笑不得地看着我说：“那好像是飞机翅膀上的灯。”

当林毅知道他的办法都不顶用的时候，慨叹道：“兄弟自求多福吧，我是无能为力啦。”我扬了扬头，大剌剌地说：“那好，看我的吧！”

和温莉一起吃完早饭，我们各自去上课了。只是温莉没有感觉到自己的背上已经被人贴上了一张纸条。走在路上，温莉总感觉别人在微笑着看着自己，并且有几个男孩子跑上来笑嘻嘻地大声喊：“温莉，老刀喜欢你！”温莉瞠目结舌地一路走到了教室，已经忘记了到底有多少人喊过“温莉，老刀喜欢你”这样的话。温莉把疑惑说给自己的好朋友听，她的好朋友微笑着把温莉背上的一张纸条撕了下来。只见上面写着：“各位助人为乐的好同学，请你们帮我对这个女孩子说一句‘温莉，老刀喜欢你’，万分感谢！”温莉想到自己背着这么张纸条张扬过市，不由脸颊绯红起来。

下午，我正在上课，突然看到温莉一脸怒气地在班门口站着。我慌忙跑出去，她看着我，冷冰冰地说：“谁让你在我背上乱贴纸条的？”我低下头说不出话来，她使劲地打了我的背一下，然后委屈地说：“你这样做，我的同学该怎么议论我啊！”说完，她的眼圈发红，转身跑了。我正待追去，突然发现老师正站在讲台上看着我，只得低头走进去。

林毅看着我，一脸鬼笑。我恼怒地说："笑什么笑？"他抿嘴忍住笑说："你是猪头！"我大怒道："你为什么骂我？"这时周围的几个人都笑着说："你好，你是猪头！"我正在纳闷，林毅从我背上撕下来一张纸条，上面用娟秀的字体写着："请看到此纸条的朋友对这个家伙说一句话'你好，你是猪头'，万分感谢！"只不过最下面还有一行小字说："今天下午陪我去借书，否则你死定了！"

别打了，我爱你

一

食堂一号窗口前排着不长却很粗很粗的队，而其他几个窗口前却门可罗雀。我用胳膊碰了碰正站在我身后，仿佛公交车上的小偷一样贼眉鼠眼来回寻找美女的胜男，疑惑地问："一号现在怎么这么多人？换厨师了？"胜男是个标准北方汉子，却起着这样一个非常女性化，体现出当代妇女当家做主求解放精神的名字。他低声对我说："没换厨师，只不过换了一个收银员。"我惊讶地说："难道是倾国倾城的绝色美女？"胜男用自己粗粗的手指遥指前方柜台后的一个胖大婶，努努嘴说："就是她。"

胜男看出了我眼神中流露出的疑问和对胖大婶身材的震惊，小声说："她经常分不清小数点，上次我买了一个鸡腿，应该6块，她只扣了我6毛钱。估计她是人一多就犯这毛病，你看，大家都来了。"突然，从侧面又挤进来了两个人，队伍里引起了一阵小型骚动。被挤得脸都有些变形的我吃力地对胜男说："我要是以后有钱了，就请个保姆专门给我做饭，然后还专门找个美女在我吃饭的时候帮我捶腿捏脚。”

胜男还没来得及对我的想法嗤之以鼻，我们俩就惊讶地发现我前面一个娇小的梳着马尾的女生居然就蹲了下来，转身往上扳我的脚。我和胜男都被如此诡异的事情搞得发呆。那一瞬间，田螺姑娘、九尾义狐、女娲娘娘、观音菩萨、白素贞等一切美好的女性形象在我心头一一滑过，我在心底默默地说：“难道上天真的听到了我刚才的祈祷？真的派个美女来给我捏脚？”我一低头，那个女孩也正在抬头往上看，两个人的目光撞在一起的那一刻，我感觉到自己的心脏仿佛骤停之后又被电击醒了一般。

从来没有被一个美女这样注视过，我的内心一阵慌乱，马上将目光挪开。一刹那，众多的成语犹如洪水一般涌进了我的脑海中，“肤如凝脂，明眸皓齿，美目盼兮，楚楚动人……”我也理解了张爱玲写出那句名言时的心情，于几十个买饭的人之中遇见所要遇见的人，于十几个窗口，无限的嘈杂的食堂里，没有早一步，也没有晚一步，刚巧赶上了。不过说时迟那时快，我听到了她银铃般清脆的声音：“这位同学。”

我又一次低下头，竭力用眼神放射出无穷深情魅力，很MAN地问道：“有什么事吗？”她皱着眉头说：“麻烦你把脚抬一下，你一直踩着我的饭卡呢。”我眼神中原本散发的深情全变成了诧异，胜男在我身后，已经笑得仿佛被人割了喉咙的公鸡一般。我讪讪地挪走自己的大脚，女孩这才从地上把饭卡拿起来，从口袋里艰难地掏出一张餐巾纸，仔细地擦着上面的灰尘。我凑上去，非常诚恳地说：“同学，实在对不起，我不是有意的，人太多，我没有看到自己踩到你饭卡了。”她看了我一眼，小声说：“没关系，这也不怪你。”虽然仅仅是一句对话，我还是借机看到了她饭卡上的名字：柳丁，英语系 0603 班。我默默地记在心底，如同记彩票号码一般。

终于轮到柳丁点菜了，她只点了一个西兰花炒肉和一两米饭。就在她刷卡的时候，刷卡器突然响起了尖锐的提示音，胖大婶面无表情地说："卡里没钱了。"柳丁着急地说："不可能啊，我前天刚充的值。"胖大婶不耐烦地说："说刷不上就是刷不上，到底买不买？"柳丁翻过饭卡，才发现背面黑色磁条的地方在地上被磨出了几道深深的划痕。后面的几个人催促道："前面快点快点，饿死了。"柳丁急忙说："老板，能不能你先记着，我下午过来给你钱。"胖大婶摇了摇头，不通人情地说："不行不行，你让后面的先买吧。"

沧海横流方显英雄本色，我拿出自己的饭卡，很真诚地从后面探出脑袋，说："同学，我先帮你刷吧。刚才你的饭卡也是被我踩坏的。"说完之后，我甚至都能预料到接下来要发生的事情，柳丁会一脸娇羞地点点头，用小的只有蚊子才能听到的声音说："谢谢你，你真是好人。"接下来两个人端着打来的饭菜到一个角落里，开心地聊天，彼此发现对方的好。当然，在这个二人时刻，胜男是肯定不能出现的。只不过事情的发展出乎我的预料，柳丁扭头看我一眼，脸上一红，摇摇头说："不用了，谢谢你。"说完拿着空空的饭盒准备挤出去，我一着急，就拉着她的胳膊说："别着急，大不了等会你还给我。"也许她不甘心挤了这么久却要空手而归，微微地点了点头。胖大婶已经很不耐烦，大声说："到底刷不刷卡？"

当我看到她点头时一脸娇羞的表情，兴奋地举起自己的饭卡大声说："刷我的，刷我的。"旁边几个一脸青春痘的男孩都用嫉妒得要喷火的目光看着我和可爱的柳丁，但是当我将饭卡放到刷卡器的上面时，警告声又响了起来。我一脸愕然，胖大婶愤怒地说：“你们俩到底想干什么？一个刷不出卡，一个卡上只剩下两块钱。”旁边响起了一阵哄笑声，我才想起自己本来准备只要一碗面条，等到晚上再充卡。我准备对柳丁道歉的时候，才突然发现她已经不在我身边了。我面对面条怅然若失的表情被胜男看在眼中，他安慰我说：“别难过，你也不是第一次丢人现眼了。”听了这种安慰话，我更加痛苦地捶着自己的脑袋。

二

胜男是我最好的兄弟，只有他看懂了我的心。我们坐在一座灰色的楼前已经一个多小时，我手里的 PSP 游戏机已经没电自动停止工作了。他语重心长地对我说：“你要是真喜欢上了柳丁，就大胆地去找她，有时错过了就是永别。”我轻轻地摇摇头，一脸纯情地说：“我相信有缘千里来相会，有缘人总会见面的。”胜男的巴掌啪的一声打在了我的脑袋上，怒斥道：“有缘人在什么地方都能碰到，你非要让我陪你在英语系教学楼下站两天是什么意思？”

我正准备教育他要先兄弟之忧而忧，后兄弟之乐而乐的时候，胜男的巴掌又啪的一声打在了我的脑袋上。我愤怒地说：“你有完没完，别把我打傻了！”他朝教学楼方向努努嘴巴，小声说：“柳丁出来了。”我扭头一看，果然是她。

今天她穿着一件翠绿色的小 T 恤，白色的棉质长裙，显得整个人亭亭玉立、清新可人。胜男在我身后犹如花痴一样说：“上次食堂人多，只知道长得不错，没想到身材也这么好。”她走在几个女同学中间，与周围的几个庸脂俗粉相比显得那么与众不同。我连忙跳起来，跑到小路上。柳丁和旁边的女孩说说笑笑地走过，压根没有看我一眼。我在后面怯怯地打招呼，小声喊：“柳丁？”不过她只是面无表情地扭头看我一眼，又继续向前走。我站在原地正在发呆，胜男冲动地在我背上狠狠地推了一把，嘴里嘟囔道：“胆小鬼，要勇敢点。”

当我因为惯性向柳丁的方向扑去的那一瞬间，我特别感激著名的物理学家伽利略，正是他发现了惯性定律，也就是牛顿第一定律。现在我之所以能匀速地向美女柳丁扑去，全依赖胜男给我的推力和惯性。接下来的故事发展会变得非常庸俗和甜蜜，我从后面一把抱住了柳丁，她的脸会变得犹如红苹果一样，轻轻地挣脱我的怀抱，但是有了这第一次亲密接触之后，我们会一起看电影看电视看月亮看太阳看流星看猩猩。

只可惜生活不是电脑程序，点完“运行”就能按照既定的程序来进行。例如就在我的手碰到柳丁胳膊的瞬间，我只觉得自己眼前一花，下巴犹如被重锤狠狠地撞了一下，身体仿佛已经不受控制，踉踉跄跄地向后连退几步。我呆呆地立在了那里，看到柳丁眼神中的慌乱和歉意。她走到我面前，将手里的一包餐巾纸递给我，小声说：“对不起，我不是有意的。你流鼻血了，给你餐巾纸，你擦一下吧。”说完对我微微一笑，转身去追她的那些伙伴们。我看着她远去的身影，只觉得脑海里还是乱糟糟的一团，微微扭头，只见胜男也张大嘴巴一动不动，呆若木鸡是他此刻的真实写照。

坐在校门门前的餐厅里，我鼻孔里插着的两条白色的餐巾纸犹如两颗大门牙一样显眼，不过我最关心的仍然是当时发生了什么事情。胜男手中捏着一瓶可乐，激动地说：“当时，我看到你要抓住她的一瞬间，心想这妞肯定被你手到擒来了。但是没有想到她竟然半扭身体，一脚凌空飞踢快速地划了一个完美弧线踢到了你的下巴上。我真的被惊呆了，那动作绝对是专业水准，特别是她居然穿着裙子。”我跳起来，抓住他的衣领，大声说：“啊！你都看到了什么？”他被我勒得喘不过气来，竭力挣脱后，喝了一大口可乐，苦笑道：“她的动作非常快，其实我只是想说，当时看到她的白裙在风里飘飘，感觉很像女侠。”

我用鼻音很重的声音对着胜男说：“我一定要追上柳丁，哪怕这辈子都受到家庭暴力也值得。”

三

重赏之下，必有勇夫。当我坐在宿舍里，请正在打扑克的几个人帮我出主意追柳丁的时候，没有人理睬我，但是当我提出请吃肯德基并且管饱的时候，众兄弟纷纷跳出来为我出谋划策。眼镜第一个站起来，大手一挥，白净的脸因为肯德基的刺激而显出了一丝绯红。他的主意让我们赞叹不已。一个伸手不见五指的晚上，一条寂静的校园小路上，柳丁下了自习，一脸紧张地走在小路上，这时突然从树后跳出三个彪形大汉，一脸狞笑地向柳丁逼去。就在这千钧一发的时刻，我跳了出来，将三个彪形大汉打走，柳丁顿时扑到了我的怀里，两人过上了幸福的生活。

我指了指自己那受到蹂躏的鼻子，胜男苦笑着向大家形容了柳丁的身手之好，反应之快。眼镜马上要求修改方案。还是在一条偏僻的小路上，我正在一脸紧张地走着，这时突然从树后跳出三个女流氓，一脸狞笑地向我逼来。正在此时，柳丁突然出现，将三个女流氓打走，我顿时扑到了柳丁的怀里，两人过上了幸福的生活。

胜男点出了实施此法的困难所在：三个女流氓到何处找？而

我一想到扑到柳丁的怀里可能会被她一个跳跃下劈再次将鼻子踢爆的时候，顿时不寒而栗。这时还是一向沉稳的大刚分析道："从她的姿势来分析，应该是属于跆拳道，而从她还不能收放自如，做不到只停留在你鼻子表皮起到震慑作用来看，她现在应该还属于业余爱好者阶段。所以我建议你最好从跆拳道社团来入手，说不定能成功。"我看着大刚深情地说："此时此刻，你脸上的痘痘在我眼中都非常可爱。"

当我来到学校的体操馆门外，就看到里面站着好几排正在练习跆拳道的同学，而柳丁真的就站在第一排的中间。我如释重负地出了一口气，对旁边的胜男说："幸好是跆拳道，要是击剑的话，他们都带着头套，我估计都认不出来。"胜男嗤之以鼻，"柳丁要是练击剑的话，恐怕你就不是流鼻血那么简单了。知道中原一点红吗？"

我静静地靠在门边，看见穿着一身道服的柳丁正在跟一个男孩站在场中央试炼。两人先是互相鞠躬，然后男孩胳膊上套上防具，柳丁一声清脆的"CEI"就开始了连续几个漂亮的侧踢。胜男倒吸了一口冷气，关切地问我："你觉得怎么样？"我激动地说："柳丁那双没有穿鞋的小脚好秀气啊。"胜男无奈地摇了摇头："你去报名跆拳道吧，我不陪你了。"说完扭头就走了，我没有阻拦，因为我的注意力已经全放在柳丁的身上了。

趁跆拳道课间休息的时候，我跑到了教练的面前，学电视上韩国人的样子深深地鞠了一躬，诚恳地说："前辈，我想学跆拳道，请收下我吧。"教练一愣，然后笑笑说："我这是选修课，不是跆拳道场，不用那么正式。不过你要真想练，先去那边拿套衣服换上，下次需要自备服装。"

当我精神抖擞地站在柳丁旁边时，她诧异地看了我一眼，眼神中满是疑惑。我冲着她微微一笑，然后一鞠躬，来了句特干脆的“请你多多关照”。当教练教完动作，说两人一对分开练习时，我马上举手说：“教练，我和柳丁一组吧。”所有人一愣，又全部笑了起来。我丈二和尚摸不着头脑，教练微笑着开玩笑说：“你不是第一个因为她而练跆拳道的人，但是你是第一个连她的名字都叫错还敢来的人。”我惊讶地张大了嘴巴，转头去看柳丁。她脸色绯红，我原本以为这是女生的羞涩，后来才知道这是仇恨的沉淀。她马上将脸转到另一处，并不看我。而身后的一个男孩笑着说：“她叫柳宁，可不是叫柳丁。”由此可见，证件上名字普及正楷字体非常重要。

柳丁，不，是柳宁面对我的要求并没有回避，而是勒了勒腰带，站了出来。对着我先是微微一鞠躬，就在我正要说“你太多礼了”的时候，她如同旋风一样向我攻来，凌空飞踢、侧踢、跳跃下劈……柳宁和我仿佛正在进行着一场经典的攻防演练，听着她的脚踢在护具上的声音，我突然间有了蹲在地上抱起脑袋喊“救命”的冲动。

四

这已经是我和她一起上的第七节跆拳道课了，我已经能在她的拿手绝招连环踢面前保证不后退一步。练完之后，我依然主动去帮她拎包，她依然拒绝了我，并且对我挥了挥小拳头。走在校园的小路上，我在她身后亦步亦趋地跟着。等走到一棵大槐树下的时候，她突然扭头对我说：“你到底想怎么样？”

我鼓足最大的勇气，大声说：“柳宁，我喜欢你，从我在食堂里见到你的第一眼，我就喜欢上你了。我报跆拳道班就是为了你，就算你暂时没有答应我，我也要守在你身边，免得被别人抢先。”她的脸又一次红了，我心里突然紧张了起来，从最近的接触发现，她的脸红往往是发动攻击的前兆。我捏紧手中的包，准备用它充当临时护具。不过这次柳宁没有飞踢，而是微微蹙眉，并没有说话。

这时跆拳道班的三个队友也从小路上过来，我突发奇想，用能让他们听到的若有所思的声音说：“唉，柳宁，你男朋友马上就要回来了，我们不能再保持这样的关系了。”柳宁一愣，还没明白过来怎么回事，就看到三个队友捂着嘴，表情暧昧地走远。柳宁眉毛一挑，一个飞踢将我踢倒在草地上，马上扬长而去。坐在不远处的一对情侣停止了接吻，表情愕然地看着仰面倒在草地上的我。我讪讪地对他们笑了笑，挥挥手说：“你们继续，你们继续，我女朋友脾气大了点。”我离去的时候，听到风里传来男孩的甜言蜜语：“宝贝，我发现你好温柔。”

很多宿舍都卧虎藏龙，包括我的宿舍。回去后兄弟们就为我量身定做了详细的追求计划和装备。当我扮成一个沙袋模型站在女生楼下的时候，进进出出的女生都惊呆了，连宿管阿姨都跑出来跟看火星人一般。我气沉丹田，双手拢成喇叭状，大声喊道：“三楼316的柳宁，我愿意一辈子当你的人肉沙包，任你打任你骂任你闲着没事两脚踹。”旁边的女生都在为我的勇敢而鼓掌，就在我得意洋洋的时候，只见阳台上一个红色脸盆划出一道优美的弧线，一盆水从天而降，为我洗了个凉水澡。晶莹的水滴顺着我的发梢流下来，显得极其狼狈。我再次喊道：“有本事你再倒一盆！”

还没等我做好思想准备，真的又一盆水劈头盖脸地泼了下来。围观看热闹的女生都惊叫一声，纷纷等着看我如何复仇。我用手指着316的阳台，大声说：“柳宁，你果然有本事，我喜欢！”虽然看客中女生居多，但是仍然发出了嘘声。

正当浑身湿透的我失望地准备往回走的时候，突然发现柳宁正站在不远处的大树下，笑脸盈盈地看着我。我连忙走到她的面前，急匆匆地说："柳宁，做我的女朋友吧！"

她脸一红，我心中哆嗦了一下，正准备做点自救工作，却看到柳宁居然微微地点了点头。我大喜过望，向前连走两步，想把她揽入怀里。她看出了我的意图，马上向后退了两步，笑盈盈地指着我身上还在滴水的麻袋说："离我远点。"

小路上经过的男男女女都好奇地看着站在树下的一个美女和一个湿漉漉的缠着麻袋的"沙包男"。微风中传来两人的对话。

"柳宁，你什么时候爱上我的？"

"苍天可鉴，我没有说过爱你。"

"那你刚才……"

"他们只是说，一个男人，如果被人连泼两盆洗脚水还能不生气，那么他对爱人一定会非常包容。所以我决定试用你一个月。"

"柳宁，我发誓我一定会好好地对你，以后我不会打你，你也不要再打我好不好？我有一个非常严肃的问题想问你。"

"你问吧。"

"刚才那两盆水真的是洗脚水吗？"

望远镜能够望多远

宿舍的兄弟们吃了 3 个月的咸菜馒头，终于省钱买了个 20 倍的望远镜。

我们雄赳赳地走进校园，校门口的保安一把揪住我，问道："书包里是不是小狗？学校不允许养宠物的，你们知道不……"

还没等他说完，老大就把我们商量了两夜的台词亮出来了，他举着望远镜说："保安叔叔，我们买望远镜不是为了偷窥女生，我们都是热爱生活的阳光青年呐！我们只是坐在最后一排老看不到黑板，足球赛时看不清黑哨长得什么样子。再加上那个卖望远镜的实在太可怜了，他说这望远镜的偷窥性能很好，而我们要用行动证明他的想法是龌龊的！"

刚进宿舍，猪头就把门反锁上，并且顶上一张桌子，避免有些人习惯性地踹门而入。几个人虔诚地把望远镜放在桌子上，几对忽闪的小眼睛都流露出渴望的光芒。几只干瘦的手迫不及待地伸向望远镜，只见宿舍上空尘土飞扬，下面混战一片，不时传出嚎叫声："老三，早叫你剪手指甲，你就是不剪，把我胳膊都抓淌血了！放下屠手，立地成佛啊！""要不你抓我一下？想让我放弃，没门！"

最后还是老大制止了我们的殴斗，他很沉稳地说："尊老爱幼是中华民族的美德，这望远镜应该我先看，因为这里我最老啊！"正在我们若有所思的时候，老大的手已经摸到了望远镜。老七见状，一把拍开他的手说："我最小，你们要爱幼啊！"接着，猪头说他最胖，着急容易高血压，要先看；猴子说他最瘦，要先看……大家再次打得头破血流后一致决定：同时上床装死，谁先下床或先说话就取消试玩资格。

9点15分，老四的女朋友偷偷地躲开宿管阿姨的巡逻，摸到了宿舍门口。她在喊门5声，踹门8次，痛苦9分钟之后被听到动静的宿管阿姨拉下楼，临走还留下一声怒吼："好，你狠，咱分手！"老四咬着牙，泪流满面。

9点17分，伟伟站在门口喊："老六，我来还你钱了。我终于有钱了，我决定还了我前年欠你的8块钱！"9点18分，他绝望地说：“老六，我知道这 8 块钱你不会放在眼里的。你不理睬我，一定是觉得我太斤斤计较了。我错了，我再也不提这件事了！”老六坐在床上猛扇自己耳光。

9 点 20 分，除了猪头，其他人都在一起尖叫。猪头得意洋洋地说：“哈哈，你们耗不过我的，我是不是特厉害？”几个人急忙点头说：“是啊，你最厉害，居然还可以和老鼠同床共枕。”猪头不解地扭头看向自己的床头，发现一只大老鼠一边啃着他的饼干，一边用小眼睛给他抛着媚眼。猪头仿佛被人屠宰似的嘶叫，猛地跳下了床。

虽然猪头先跳下了床，可却是所有人先喊出了声，所以猪头最终得到了望远镜的首用权。他把望远镜拿到窗户边聚精会神地看了起来，剩下的几个人都搓着手站在他旁边急不可耐。老大一直问：“猪头，你看到什么了？快跟我们说说呀。”猪头激动地说：“水房里有 5 个人，还有一根空闲的水管，我们现在可以去提水了！”

猪头被暴打后，老四抢过望远镜开始往小路上看，忽然也激动地说：“哇，又漂亮又苗条的背影，身材真是魔鬼！”刚说完，老大已经冲出了房间。我们 6 个人站在 4 楼窗户边，呆呆地看着老大冲刺到那个MM的前面，重重地把手机摔到地上，然后回过身捡手机。从望远镜里可以清楚地看到，老大的脸色从红润变成惨白，又从惨白渐变成青绿。强壮的老大在风中犹如残叶，摇摇晃晃。回来后，他就病了，口中不停喃喃地念叨：“背影主义害死人呀……”

夜幕降临了，老七终于拿到了望远镜，剩下的几个人全躺在床上揉眼睛。猪头一边揉一边说：“我现在才知道，咱的校花其实并不好看，她脸上居然有个黑斑！”

这时，老七忽然惊叫：“天呀，有人在 Kiss。”

几个人一下子跳起来，冲到了窗户边。望远镜在他们手里传来传去，猪头反应比较慢，没有挤到前面。老三忽然惊奇地问：“你们看，那不是猪头吗？”只见猪头搬着板凳，坐到正在墙根热吻的一对情侣面前，专心致志地在笔记本上记着什么。

猪头看了他们 17 秒钟后，两个人站了起来。兄弟几个以为要打架了，提起板凳就冲了下去。但是冲到地方时，发现猪头正在和那个男孩说话：“哥哥，Kiss 的感觉是不是很好呀？”“姐姐，你的脸怎么红了呀？”……

@＄@＃％＾＆，我们爆汗……最后老大派本寝两个精壮汉子把猪头架走。一向说话得体的老三对那个男孩说：“不好意思，我兄弟在幼儿园时因为偷偷亲他的班长而被开除了，所以受了刺激。我们会管着他的，你们继续吧。”

晚上 9 点，老大拉开窗帘，举起望远镜向对面女生宿舍楼看去。忽然他激动得站立不稳，倒在床上。剩下的人全好奇地挤到窗台边向对面看，接着集体晕倒。猪头躺在地上喃喃地说：“太不公平了，她们怎么买得起那个 50 倍的望远镜呢？居然还是红外线的！”

我探头一看，我们的望远镜正冲着对面的女宿舍楼，而对面两个黑洞洞的镜头，正顽强地对准着我们宿舍的窗户……

为你我把手指割

一

“以前，我总以为你是蓝天中的一片云，那么的飘逸洒脱，我总是傻傻地仰头望着你。”看到燕子在我的同学录扉页上用硕大的黑字写的留言，我不由地洋洋得意起来，环顾左右说：“看到了没？这就是魅力！”但是轻轻一翻，只看到下一页上有更大的一排黑字：“现在，我终于知道了，你原来就是一个屁，放出来照样给人腾云驾雾般的感觉！”从那以后，我再也没有胆量将高中同学录拿出来怀念。

高考过后，和燕子一起收拾铺盖卷前往大学报到，坐在火车上，她眼光迷离地说：“你还记得吗？我们幼儿园的时候和大人一起坐火车，你非要拉着我的手带我跳车私奔，差一点就成铁路版的司马相如和卓文君。”我一边啃苹果一边玩命摇头说：“你没事玩什么怀旧啊？并且还一下子怀到了幼儿园。主要是那时我不晓得你爸就是我舅，再说我那时比较小，小兔子只有吃点儿窝边草了。”燕子撇了撇嘴说：“就你贫，我看你这样在大学里四年都别想找到女朋友！”我大怒，站起来对着燕子喊道：“放屁！”就在周围的大爷大妈都愕然地看着我时，突然从我的坐椅背面传来一个银铃般的声音：“不批准”！车厢里死寂了一下，然后爆发出疯狂的笑声。我的脸在笑声里一点点地变红，恼羞成怒地扭头望去。

曾经有个伟人说过“给我一个支点，我能撬起地球”，而此刻的我在心里默默地说：“给我这个美女，我能撬死地球！”我傻傻地望着后面长椅靠窗坐着的那个女孩，不由得在心里感叹上帝待我真是不薄。她一头顺滑黑亮的秀发，小巧玲珑的脸蛋上鼻子是翘的，眼睛是水灵的，耳朵是秀气的，嘴巴是像樱桃的，白皙的皮肤把旁边的一个阿姨衬托得犹如刚从非洲归来。这时燕子拉了拉我的衣角说：“快坐下，这么丢人还好意思站着。”我坐下后小声对燕子说：“我发现了一个美女！”燕子对我嗤之以鼻。

哥，给我汇点儿钱。
你要做什么？
你现在在哪？
哥，我正在人流呢！
未婚先孕
手术中
满脸惊恐
妹子，你再说一遍，
你现在在哪儿？
地铁站里人好多，我正
在人流里面！
地铁

因为这是一趟直达列车，所以她肯定和我前往同一个城市。我已经打定主意，等到列车到站，我就主动上前帮她提行李，这么一来二去肯定就打得火热。我心中正在无比幸福地幻想的时候，燕子皱了皱眉头说：“笑得如此淫荡，非奸即盗。”我抹了抹嘴角流出的口水，怒斥燕子说话太不淑女。

计划永远赶不上变化，当列车缓缓地进站，在熙熙攘攘的人群中，我看到刚才那个女孩的所有行李居然只有背上的一个小包，鹅黄色的外套眨眼间就消失在人海中。我怅然若失地对燕子说：“咱们走吧！”从小和我一起长大的她当然明白我的心思，揶揄道：“某些带了两床被子两箱牛奶再加几个洗脸盆的人，居然还想去帮别人搬东西。”事实证明，在搬东西的时候，燕子确实比较好用，物美价廉。

二

大学的日子确实比高三快很多，军训一过，时间就在宿舍和图书馆里飞快地跑过，让人抓不住一丝痕迹。火车上那个美丽的邂逅早已被我忘得一干二净，毕竟在中国的火车上，永远都有那么多的人在来来往往。

一天早晨，当我还在梦乡的时候，突然班长打来电话，着急地说：“姚凡，快到测绘楼来上课，要点名了！”我马上跳起来，穿上衣服飞奔出去。但是一路小跑来到一个四通八达的路口时，我的脑袋开始晕菜。面对着几条相似度极高的小路，我竭力回忆起来，最后得出的结论竟然是我从来没有去上过这门课。这时，我突然看到旁边树林的长椅上坐着一个看书的女孩，我立马冲了上去。

诸位看到这里，一定能猜出这个女孩就是我在火车上遇到的那个女孩，因为那些一见钟情的故事都是这么写的。不管有多么不可思议，两个人总会再次遇到，不是在食堂里打饭撞到一起，并且一定是把面条洒了一身，就是若干年后在一个娱乐场所见到了饱经风霜的女主角，不禁唏嘘不已。只不过我没有读者这么聪明这么有先见之明，所以当我看到长椅上坐着的居然是那个女孩时，脑袋仿佛被一辆解放大卡来回碾了两遍。

她肯定感觉到了我灼热的目光，抬起头皱着眉看着我。我敏锐地察觉到了她的忧伤和难过，当然主要归功于她的眼角还有泪痕在若隐若现。我小心翼翼地搭讪说："请问这位同学，你知道测绘楼在哪儿吗？"她想都没想就说："就在一座毛主席像后面！"她愿意和我交谈，这本身就很让人兴奋。我赶紧接着问："那么毛主席像在哪儿呢？"她不耐烦地说："毛主席像就在测绘楼前面啊！"她的回答只给我带来几秒钟的昏厥，剩下的就是溢满心间的狂喜，毕竟我相信自己的智商要比她稍微高一点儿，追求起来也就没有太多难事。

我没有转身离开去上课，而是果断地坐在了长椅上，她看了我一眼，我慌忙解释说："你别误会，我看你很面熟，所以想跟你说说话！"她冷冷地说："你的搭讪很老土，早在初中的时候，言情小说里就这么写了。对不起，我不可能像你的女朋友或者妹妹之类。"我被她的伶牙俐齿所折服，但是依然不屈不挠地说："你还记得吗？半年前在来学校的火车上，我们俩还说过话呢。"

她满脸疑问地看着我，说："真的吗？我怎么不记得？"我急忙说："当时我大喊一声'放屁'，你马上对我说'不批准'。"然后我一脸渴望地盯着她，看得出来她正在记忆库里苦苦寻觅，不过马上她就露出淡淡的微笑，点了点头表示想起来了。我趁热打铁说："其实那天我原本准备帮你搬行李的，但是下了火车就找不到你了！"她突然毫无征兆地从长椅上蹦了起来，大声说："我说我下车的时候怎么找不到行李箱了，原来是被你拉走了！快还给我！"如果不是有长椅，我肯定被吓得跪倒在地，毕竟要是没有追上女孩，却以"铁路大盗"的身份被抓到派出所可不是很光荣的事情。

她坐在我身边，温柔地说："小同学，其实你只要把箱子还给我，我保证不会去学校揭发你，就让这成为我们之间的秘密好不好？"我摇了摇头，刚说了一个"不"字，她马上站起来，指着我的鼻子说："你这人偷了我的箱子，怎么还死不认错，我好心好意想帮你隐瞒，你居然执迷不悟。"我把头摇得仿佛拨浪鼓一样，大声说："不是我，不是我，不是我！"她皱着眉头，掏出电话，然后站在一边对话筒说："喂，保卫处吗？我在学校看到了一个曾经在火车上偷乘客行李的贼，他是我们学校的学生，你们派两个人过来吧！"

我吃惊地看着她，没有想到这居然不是一个玩笑。她丝毫不躲避我的目光，而是理直气壮地说："刚才给你机会了，你没有好好坦白！"我不知哪来的勇气，跳起来拔腿就跑，认准一条小路，低头冲了过去。但是只跑了三分钟，我就无奈地发现自己冲到了一堵围墙边。转身却看到她不紧不慢地走过来，满脸笑意，一边走一边说："没偷那你跑什么？"突然我看到小路尽头居然出现了两个校警，顿时身上的力气仿佛被全部掏空了，一屁股坐在了墙根。想到刚进大学校园不久就被人这样冤枉，我突然鼻子一酸，哭了起来。

她显然被我的眼泪吓了一跳，马上跑过来，蹲在我旁边，强忍住笑说："快别哭了，你一个大男人居然还好意思哭！"我偷偷从朦胧的泪眼里看到校警越走越近，慌忙接着哭起来。两个校警从我们俩身边走过，三步一回头地盯着我看，走了很远还从风中传来他们的赞美之声："他要是我儿子，我早抽死这个没出息的家伙了"！

就在我庆幸自己不是校警的儿子时，她递给我一张纸巾，说："本来看小说看得很伤心，没想到你居然这么好玩，我逗你玩的。"我傻傻地盯着她看，为什么如此淑女如此玲珑的容貌背后是一颗如此扭曲的心灵啊！

三

为了弥补我心灵的深深创伤，她决定请我吃晚饭，并且让我在宿舍等她电话。我这才想起还不知道她叫什么名字。"我叫杜颖。"她笑眯眯地说，弯弯的眉毛仿佛会说话。

我惊讶地张大了嘴巴："什么？毒瘾？你爸爸起名字真有个性！"我话音未落，小腿就被她的小蛮靴蹬了一下。她冲我晃了晃小拳头，装作恶狠狠地说："我打架的时候，你还在每天看《大风车》呢！"我的内心在疯狂地呼喊着"最浪漫的事情，就是被你慢慢殴打"。

回到宿舍，我做的第一件事情就是把电话抱在怀里，只要铃声响起，我就第一时间抓起话筒，当发现里面不是杜颖的声音，就马上说"他不在"，其中包括我妈。就在我抱着电话睡着了之后，突然一阵铃声把我惊醒，杜颖歉意地说："我下午做实验，到现在才下课，你出来吧！"我挂了电话就往门外冲，舍友们一起拖住我的后腿，然后大声说："放下电话！"

坐在校门外的小饭馆里，杜颖一边看着菜单，一边体贴地说："今天那么逗你确实是我不对。"说完点了个红烧猪蹄，我小心翼翼地问："我的心灵创伤关猪蹄什么事？"

吃完饭，我们在校园内的小路上散步。她的诉说让我明白，原来太漂亮的女孩也很难交到知心朋友。就在我准备敞开心扉对她表白当初的一见钟情时，她突然兴奋地说："啊，我们居然又逛到今天你哭哭啼啼的地方了！"一瞬间，我将自己已经到嗓子边的表白吞进了肚子。

杜颖所学的专业和我有异曲同工之妙，她是学临床医学救死扶伤，我是学考古挖人祖坟，反正都和死人打交道。不过和杜颖熟悉之后，我就经常以自己身体虚弱不舒服为由找她帮我看病，只有用这种方法才能光明正大地接近她。只不过每一次接近的后果就是没病也被她搞出病，小病被搞成大病。最离谱的一次是她去看我踢球，在场上我突然被对方后卫放倒，就在我准备爬起来的时候，无意中看到她正从场边飞奔过来。出于男人的虚荣心，我继续躺在地上做痛苦状。在裁判忍无可忍给我亮了黄牌之后，她也冲到了我的身边，焦急地问我伤得怎么样。我强忍住内心的得意，挤出满脸的愁容，小声说："右脚，右脚脚踝！"

接下来发生的事情让所有队友都惊呆了，杜颖搬起我的左脚，学港台片上跌打师傅治疗脱臼一样使劲向右一扭。我惨叫一声，惊呼："这次真崴着了！"两个队友把我抬了下去，对方的队长特意跑过来问候了一下我，并且忐忑地问杜颖："同学，你是我们班的吗？"

四

在我养伤期间，每天杜颖都会过来给我送午饭，那时我时时刻刻都期盼自己的脚伤赶紧好起来，那样就可以对杜颖进行爱的表白，并且大声告诉她：“我还想吃早饭和晚饭！”

不过一天中午，我突然接到了很久没有联系的燕子的电话。她什么也没有说，号啕大哭起来。我顿时想起舅舅在我上车之前塞给我一千块钱，并且笑眯眯地趴在我耳边小声说：“这点儿钱拿着，你和燕子生活费不够花的时候再拿出来，别让燕子乱花！”不过我确实没有让燕子乱花，因为我已经花完了。刹那间，我对燕子这个表妹充满了愧疚，在电话里大声对她说：“燕子，你现在到我楼下，有事情见面说。”

我刚一瘸一拐地来到楼下的小树林边，站在那里满脸泪水的燕子一下子扑到我怀里，还不停地摇着脑袋，把鼻涕眼泪往我衬衫上蹭。我轻轻地拍着她的背说：“乖，怎么了？别哭了，有什么事情跟哥说！”燕子一边哭一边说着自己的不幸遭遇。其实事情很常见，就是她和一个男孩谈起了恋爱，但是最后男孩变心，两人分手了。只不过常见的故事放在具体的某个人身上就产生了惊天动地的效果。

我正在劝慰燕子的时候，忽然感到背后有两道手术刀一般的目光在身上割来割去。我扭头一看，只见杜颖冷冷地看着我，脸上没有一丝笑容，手里提着饭盒和一个冒着热气的水杯。我这才突然想起此刻正是每天的送饭放风时间。杜颖什么也没说，把饭盒放在地上，扭身准备离去。我顾不得脚伤未好，一个箭步蹦到了杜颖身后，拉住了她的胳膊。她转过身，依旧冰冷地看着我。我慌忙指着燕子说：“她是我妹妹，你别误会！”杜颖冷笑一声说：“她是不是你妹妹关我什么事？咱俩又没有什么关系！”

我看她转身欲走，心一横，大声说：“杜颖，别走，我爱你！”如此赤裸裸的表白让路过的人无不放慢了脚步，并且宿舍楼的窗户边伸出了无数颗好奇的脑袋。杜颖身子明显一震，停住了脚步，转过身来，脸上已经有两朵红云。我连忙说："她真的是我的妹妹。"杜颖把目光放在了燕子身上，我慌忙用胳膊碰了碰燕子，小声说："燕子，说话！"但是被失恋打击得神情恍惚的燕子居然看着杜颖，喃喃地说："我真的爱他，但是为什么要赶我走呢？"杜颖的脸色大变，两朵红云也变成了乌云密布。

我拉住杜颖，然后果断地说："我证明给你看！"说完掏出了腰间的瑞士军刀。杜颖惊呼道："老刀，你要干吗？"我快速地拿刀在手指头上划出一条口子，然后把一滴血挤进水杯里。杜颖上前拉住我，我挣脱开，然后抓起燕子的一只手，在她的大拇指上也划了一道，把一滴血挤进了水杯。疼痛让沉浸在悲伤中的燕子迅速清醒，她冲着我大声喊："你在干什么？"但是我的目光全集中在水杯里，只见两滴血液仿佛调皮的孩子一样并没有融合在一起。

我无力地坐在地上，喃喃地说："她真是我妹，她真是我妹！"杜颖蹲下来，跟那次在那个墙角里一样柔声对我说："我相信你，我相信她是你妹妹！"我吃惊地抬起头，她微微一笑说："表兄妹有血缘关系，但是并不代表血型就一样，要相信科学，少看武打片！"

五

晚上，我请燕子和杜颖吃饭。此时的燕子经过和杜颖一下午的聊天，已经走出了最初的那种恍惚状态，并且开玩笑说："你们俩真是绝配，一个是姚凡，一个是杜颖，合起来就是'要犯毒瘾'，简直是和社会作对！"我怕她再胡说八道引来几条缉毒犬，马上夹起鸡腿塞进了她的嘴巴。

饭后，杜颖提出想吃冰激凌，而燕子在旁边煽风点火摇旗呐喊。

“你出钱吧，我马上出去买！”杜颖听了我的话，轻轻地摇了摇头。

“那我出钱，你出去买怎么样？”杜颖依然什么也没有说，只是继续摇头。

我探究似的小声问：“那么你的意思是不是我出钱并且要我出去买？”杜颖这才微笑着点了点头，不过随后加了一句：“党考验你的时候到了，我考验你的时候也到了！”

只见身残意志坚的我用一条腿玩命似地往超市蹦去，身后传来杜颖银铃般的笑声，如此好听。

有个禽兽爱上我

“你保证你要爱我一辈子！”“我保证我会爱你生生世世！”燕子坐在自修教室外面的台阶上等琳琳的时候，左手的黑石子信誓旦旦地在对右手的白石子真情告白。其实燕子也应该坐在里面上课的，但是她已经厌倦了那个站在讲台上的老头充满廉价烟草味道的长篇大论，就跟厌倦自己脸上那可恶的小痘痘一样。

琳琳微笑着站在燕子面前，装出一副大姐姐的模样问：“怎么了？还在恨他呀？”“琳琳，你说我如何才可以不恨他？这边跟我说着天长地久，那边就跟那个妞去一见钟情了。”燕子越想越气，眼泪一直在眼眶里打转，可惜就是忽忽悠悠地不下来。琳琳变戏法似地从书包里拿出一大块橡皮泥，递给燕子说：“你就把这当做他，狠狠地捏它，扁它吧！”燕子兴奋地接过橡皮泥，温柔地捏着橡皮泥，嘴里轻轻地说："这是他的耳朵，总是那么柔软，这是他的脸颊，总是那么温暖，这是他的手，总是会牵着我过马路，这是他的背，总是那么挺拔，这是他的肩膀，总是让我依靠。"只一会儿，一个栩栩如生的小人就出现在了燕子的手下。琳琳轻轻地挽着燕子的腰说："瞧我们家燕子多心灵手巧，你一定还很爱他吧？是不是忘不了他？"

燕子没有回答，只是出神地看着手中的那个精巧的蓝色小人发呆。琳琳忽然想起以前班里有一个同学，拼命地学习数学，但是就因为一次考试只得了14分，一气之下冲出窗户，跳了下去。一时间血肉模糊，多可怜的一只小猫，愣是被她从一楼窗户跳下去给踩死了。琳琳打了一个寒战，抱紧燕子说："乖，不要这样，忘记他吧！"燕子忽然把手里拿的小人扔到地上，然后跳上去踩呀踩的，一边踩一边喊："踩死你这个没人性的，踩扁你这个没人性的！"一个男孩从教学楼里出来，一直吃惊地盯着燕子看，燕子气势汹汹地怒吼道："看什么看，没有见过美女发飙呀？"男孩吓住了。燕子正踩得兴起，忽然一个声音在脑后响起："小姑娘，踩得爽吧？"燕子头也不回地说："爽！"琳琳的脸色一下子变了，燕子感到周围弥漫着肃杀的气氛，颤颤地扭头一看，辅导员一脸菜青色地站在自己的背后。"琳琳，你跟我过来一趟，我们谈谈下阶段的班级工作。燕子，你在这里把地板给我清理干净，我等会儿要来检查的，要是有一点痕迹的话，你今天就不要吃晚饭了。"琳琳一脸无奈地伸伸舌头，跟辅导员走了进去。

燕子找了块抹布，跪在地上一点一点地擦那些蓝色橡皮泥留下的印记，小嘴撅得高高的。正在这时，一个声音从背后传来："小姑娘，擦得爽吧？"燕子吓得打了一个寒战，慌忙说：

“不爽不爽，一点都不爽。”“本来想帮你擦的，既然你还没有擦爽，那么你就继续擦哈。”燕子慌忙扭头去看，原来是刚才那个被自己吓跑的男孩。燕子站起身，冷漠地看着这个男孩。他跟街上走的所有男孩子一样，高高的个子，短短的头发，嘴角微微咧开露出洁白的牙齿。至少他不让人讨厌，燕子这样对自己说，也就勉强地挤出了一些笑容。男孩二话没说，蹲下身去用小刀细心地一点点地把地上的橡皮泥刮去。燕子低头看着男孩认真的模样，却在想着另外一个人，如果君在这里，那么他一定会拉起燕子的手，张扬地从教学楼前跑掉，让辅导员气得胡子都翘起来。

“擦完了，请验收！”男孩站了起来，地面上的瓷砖反射出炫目的夕阳。燕子感激地说：“谢谢你，请问你叫什么名字？”“啊，你不知道我叫什么名字呀？那你刚才怎么一直在喊我的名字？”燕子猛地一惊，心想：完了完了，这次遇到个花痴！琳琳你还不赶紧出来救我！男孩看着低头不语的燕子说：“我的名字叫梅仁星，你刚才不是叫我吗？我还以为你认识我呢！”燕子一愣，哈哈大笑起来，笑得眼泪都出来了，一边捂着肚子一边说：“怎么这世界上还有人叫没人性呀？太搞笑了！”燕子扬起脑袋，左右端详着他，不时地点点头。男孩局促地摸着自己的脸颊说：“怎么了？我脸上有什么可爱的小动物吗？”燕子捂着嘴巴说：“你的名字太不好叫了，我以后叫你禽兽算了，反正禽兽也是没有人性的东西。”男孩一脸无辜地说：“好吧，随便你怎么叫好了，只要你不把我往脚下踩就可以了。”

第二天早上，燕子被一个电话吵醒，而窗外天空才蒙蒙亮。燕子怒气冲冲地看了看手机显示，是一个陌生的电话号码。燕子心里一惊：难道是君？难道他愿意回到我的身边？慌忙按下了接听键，一个爽朗的笑声传了进来，燕子失望了，因为君只有在搂着那妞挥手说“拜拜”的时候才有这样爽朗的笑声。电话里面有人自报家门：“燕子，我是禽兽呀，我用一夜的时间终于破解了你的手机号码。你现在下来吧，我在你们楼下等你呢。”燕子“扑哧”一下笑了，跑了下去。禽兽果然在楼下靠着树站着，看到燕子下来，慌忙走过来说：“燕子，我们一起上自习吧。”“现在呀？我还没有吃饭呢。”“我这儿有豆浆、面包。”“我还没有拿书呢。”“我这儿带着课本。”“我还没有洗脸呢！！！”“啊，不会吧，怎么我看不出来呀，还是那么漂亮。”“你果然是衣冠禽兽，都不说实话。”

西餐店，燕子刚进门就被里面豪华的装饰给吓坏了，拉拉禽兽的衣袖小心翼翼地说：“不会吧，你就帮我刮了刮地面，就要我在这么高档的地方请你吃饭？”禽兽斯文地微笑说：“没关系，不要怕，这里花销也不会太大的。”燕子战战兢兢地坐了下来，对面的禽兽一脸温情地看着燕子，把燕子看得娇羞满面，低下头去。只听禽兽温柔地问：“燕子，你带了多少钱？”燕子诚实地抬起头说：“五十。”禽兽并不惊讶，只是潇洒地打了一个响指，然后一个英俊的服务生走过来，微笑着说：“先生，请问你要点什么？”禽兽傲气地翻翻菜单，然后说：“给我们来两客澳洲牛排。”服务生又问：“那么先生你要牛排几分熟？”禽兽忽然拍桌子站了起来，怒气冲冲地拉起燕子往门口走，一边走一边说：“什么黑店呀，我们掏钱还不给我们把东西弄熟，非要省那么一点煤干吗！”燕子迷迷糊糊地就被拖出了西餐店，然后禽兽看着脸吓得惨白的燕子哈哈大笑起来。燕子恶狠狠地向禽兽的胳膊上拧去，一时间惨叫连连。

“燕子，你是英语专业的，我给你出个测验，来检验一下你的英语能力怎么样。你马上说出我说的单词的第二个字母是什么，行不行？”

“行，没问题，开始吧！”

“第一个，husband 是？”

“u。”

“第二个，wife 是？”

“i。”

燕子看到禽兽的一脸坏笑才明白自己被这个坏小子占了便宜，然后满校园追打着禽兽。

琳琳微笑地看着燕子，说：“怎么了？小公主，是不是又要开始一段新感情了？”本来还开开心心的燕子情绪一下子低沉起来，喃喃地说：“他就可以让人相信吗？当初君说的比他还好呢，当初君对我比他还体贴呢，但是最后他还不是跟他那黑妞跑了。”琳琳抱了抱燕子说：“那么你就考验一下他，后天本来就是你的生日，你先不告诉他，然后看他怎么表示。”

第三天晚上 7 点，刚踢完球的禽兽忽然接到燕子的一个电话，让他火速赶到文科楼上最偏僻的一个教室。禽兽一边飞奔一边顺手从花园里折了一枝月季，冲进约定的房间，发现一片漆黑。禽兽哼着自己改的小调：“是谁弄坏了你的保险丝，没关系我还有备用保险丝，有谁没有烧过保险丝，有谁生下来就会换保险丝……”同时摸黑蹦上了一张桌子，只觉得自己脚下踩到了一堆软绵绵的东西。这时燕子和琳琳等几个朋友从外面举着几支摇曳的蜡烛走进来，看到房间里的情形都愣住了。只见禽兽高高地站在桌子上，脚下是被踩得一塌糊涂的美味的巧克力蛋糕。琳琳气得大叫：“你给我下来，我们不过就是把灯关上，你值得把我们的蛋糕踩成这样吗？我看你怎么跟燕子赔礼道歉。”一边说着一边挤眉弄眼让禽兽赶紧去哄燕子。

禽兽完全没有了以前的从容和张扬，跟一个打碎母亲花瓶的孩子一样，搓着衣角红着脸站在燕子面前。燕子沉着脸说：“你是不是没有话说？要是没有话说的话我就走了。”这时，禽兽忽然把月季花叼在嘴里，单膝在燕子面前跪了下来。燕子一时间吓得手足无措，慌忙要把禽兽拉起来。禽兽一脸赖皮地说：“我问你几个问题，你一定要回答我。”燕子仿佛看到了教堂里圣洁的神父在十字架前问自己：“你愿意嫁给禽兽为妻吗？”燕子拼命地摇摇头，这样的场景，想起来都恶心。燕子视死如归地说：“你问吧！”“你愿意再和我一起去那个西餐店吗？”“不愿意。”“你愿意请我吃一个月饭吗？”“不愿意。”“你愿意送给我 100 块钱吗？”“不愿意。”“你愿意不做我的女朋友吗？”“不愿意。”傻傻的燕子因为初中物理课上的惯性定律没有学好，不小心掉进了禽兽的圈套。禽兽笑着站起身，拍拍腿上的灰说：“搞定，收工。”

“你对我表白那天，为什么突然给我跪下了？”很多天后，燕子一边吃饭一边好奇地问禽兽。

“其实当时我刚从桌子上跳下来，是单膝跪地准备擦擦鞋子上的奶油的，谁知道你居然以为我是给你跪下求婚，我当然就将计就计了。”

“啊，你小子原来玩阴的！！看我怎么收拾你。”

“燕子，不要生气，你今天的身材真好，真的是魔鬼身材！”

“无事献殷勤，非奸即盗，说，有什么企图！”燕子戒备地说。

“你是魔鬼身材，我是禽兽，我们俩合起来就是魔兽，吃完饭我可以去网吧玩一会儿魔兽争霸吗？”

“你去不去陪我逛街？”“不去。”

“你去不去陪我跑步减肥？”“不去不去。”

“你去不去图书馆陪我看书？”“不去不去不去。”

“你去不去网吧玩游戏？”“不去不去不去……”

牛顿脑袋上的爱情苹果核

一

人倒霉的话，喝凉水都塞牙，例如我，已经倒霉到闹钟都和我作对。明明定的是早上 7 点，但是闹钟在 6 点 15 分的时候就开始聒噪起来。我爬起来，看到其他兄弟都在床上酣然大睡，顿时心中不平起来，在他们的闹钟或者手机上各放上一枚图钉，接着才蹑手蹑脚地出门。

此刻朝阳刚刚升起，还没有将阳光洒满整个校园。我百无聊赖地在冷清的校园里晃荡。突然我的眼睛被花坛边坐着的一个女孩吸引住了，准确地说是一个背影：黑亮的秀发扎成一个马尾辫悠闲地垂在脑后，上身穿一件亮眼的绿色小褂，小蛮腰给我一种会在风中轻易折断的错觉。我呆呆地站在她身后不远的树后，第一次在心底埋怨父母：“你们为什么不在我小时候送我去上美术班呢？要不我现在就可以拿出画笔勾勒一幅《少女清晨背书图》送去博美人一笑了。”

我绕了 200 多米，终于从另外一条路上绕到了花坛前面，只为了看一眼她的正面。距离近了，更近了，我在心中祈祷千万不要遇到那种“从背面看想犯罪，从正面看想自卫”的恐龙。就在我快要走到她面前时，她仍然戴着耳机在听英语，头也不抬一下。我只得大声咳嗽两声以引起她的注意，只可惜她依然不受影响。我只得继续疯狂地咳嗽，连肺都快被我咳出来了，刹那间，我突然感觉到自己可以去演个肺结核患者，保证惟妙惟肖。就在我欢快地咳嗽时，她突然站起来抱着书就往小路上跑去。我瞠目结舌地看着美女版的“静若处子，动如脱兔”在我面前上演。在她跑过我身边的时候，我终于看到了她的模样，白皙的皮肤，可爱的大眼睛，清秀的瓜子脸——是葵花瓜子，不是西瓜子。

我很好奇，所以远远地跟着她，穿过操场，穿过图书馆，最后居然来到了食堂。当我看着她手捧两个热腾腾的大包子往外走的时候，她嘴里还嘀咕着：“包子啊包子，这回终于让我逮到你了！”顿时，我的脑袋有了上高原缺氧的感觉，赶紧也买了两个包子压压惊。只是等我买完包子出来，在学校的林荫道上已经看不到她那生机盎然的绿色小褂。我失望地啃着包子回到了宿舍，只是我忘记了一件事情。

二

刚进宿舍，我就被埋伏好的兄弟们围了起来。秦默举着被卫生纸包成胡萝卜的手指头对我说：“我手机上的图钉是不是你放的？”顿时我冷汗涟涟，幸好跟我关系最铁的赵小军替我解围说：“你老实交代大清早去干什么了？”我小声问道：“你们几个没事吧？”赵小军大咧咧地说：“没事，秦默一被扎就跟杀猪一样叫唤，整层楼都听见了，根本不用闹钟，别人还赞美我们宿舍的人聪明，说我们让猪也能打鸣。”秦默一脚踢到了赵小军的屁股上，凶狠地说：“明天我让你睡钉床卖艺。”我慌忙转移话题说：“哥几个，我早上见到一个很可爱的小美女，哇，我想我肯定爱上她了。”果然，连受伤的秦默都急匆匆地说：“她姓嘛，叫嘛，从哪里来，到哪里去，家里几口人，人均几亩地，地里儿头牛？说，说，说，说，说，说。”

我指着墙上赵小军写的大字，念道：“让一部分人先恋起来！大家要遵守我们的约定，这次帮我追上她，大大的有赏。”

第二天清晨，负责去花坛蹲守的赵小军回来对我竖起大拇指说：“兄弟果然好眼力，那女孩真不错。”而负责蹲守食堂的秦默对我一伸手说：“先把我今天的早饭给报了，我就告诉你她是哪个学院的，叫什么名字。”我一边掏钱一边嘟囔道：“吃个早饭还非要喝什么啤酒，真是别人的钱不知道心疼！”他得意洋洋地接过钱说：“那女孩是咱们学院大一的学生，叫刘妍，剩下的就看你的了。”

虽然作为一名大三的学生去听大一的课有点儿不好意思，但是还好我的脸皮足够厚。只不过走进教室的时候，却发现刘妍的身边已经坐满了人，我只好坐到了最后一排。我眼睁睁地看着她身边的一个幼稚的长满青春痘的小男生和她聊得热火朝天，妒火中烧，恨不得把他满脸的青春痘一颗一颗地挤出来，然后在他脸上抹满辣椒面，让他痛不欲生。但是我明白我需要做点儿什么事情让她认识我，至少要知道我。

这时，正在台上唾液横飞的一个老教师忽然提问：“哪位同学能用生活中的事例解释一下相对论？”课堂上的大一师弟师妹们面面相觑，我得意洋洋地站起来说：“老师，例如和自己喜欢的女孩在一起，会觉得时间过得很快，一个小时就好像一秒钟一样；但是和讨厌的人在一起，就会觉得时间过得很慢，一秒钟就好像一个小时。”说完我特意又站了一会儿，直到刘妍扭头看我一眼后才坐下。正在我沾沾自喜的时候，老教师在台上说：“这位同学说得很好，这个世界没有任何事情是一成不变的，例如昨天我在大三的一个课堂上见过这个同学在睡觉，而今天，我却又看到同一个人在大一的课堂上回答问题。”顿时教室里爆发出哄堂大笑。我恨得牙痒痒，不过看到刘妍满眼笑意地转头观察我，自己刹那间感觉到教师的形象高大起来。我微微侧了一下头，让窗外的阳光洒在我的脸庞上，据专家赵小军说这样会显得棱角分明更阳刚一些。所以这就是他的脑袋每天歪着的原因，恐怕这也是门外的那棵歪脖子柳树的心声。

三

第二节课刚下，刘妍就背着小包走了出去，我慌忙跟了上去。刘妍最后坐在学校草坪正中的一棵大树下，静静地看着手中的课本。我蹑手蹑脚地从远处绕到了大树的背面，轻轻地坐了下来，我都能听到大树后面刘妍那轻微的喘息声和我的心脏如同战鼓一样的咚咚声。就在我心如乱麻地策划着如何跟她说第一句话时，突然一个东西砸中了我的脑袋然后滚到了地上。我吃惊地看着躺在地上已经被啃成奇形怪状的苹果核。我抬头看看天，一片万里无云，当年牛顿被一个苹果砸中了脑袋，最后成了全世界闻名的物理学家，那么今天我被苹果核砸中，至少也能混个全国闻名吧？就在我胡思乱想的时候，只听到树后传来刘妍的自言自语。

“作为一名淑女，并且作为一名刚成为预备党员的淑女，我怎么能乱扔垃圾呢？再说，就算扔，也要扔远一点儿，要不别人就会怀疑是我扔的了。”在我还没有反应过来的时候，刘妍已经站在我面前准备弯腰捡苹果核，但是她突然看到树下的我，吓得连退了好几步，并且脸色都有些发白。我顿时对胆小的她心生怜惜，但是却不晓得如何开口才好。我艰难地咽了一口唾沫，才吐出了一句话：“你吃了吗？”刘妍看了一眼地上的苹果核，脸上一红，微微一笑说："已经吃了。"两人无语，气氛有些尴尬，刘妍正要再次弯腰捡苹果核，我马上说："我帮你扔，我帮你扔。"

中午，我是哼着小调回到宿舍的，秦默看着我纳闷地问："怎么这么高兴？大功告成了？"我嗤之以鼻说："要是这么容易，怎么显示我的魅力呢？今天我终于和她说话了，并且帮她做了一件事情。"赵小军也好奇地凑上来问："做了什么事？"我从口袋里把那个已经变色的苹果核掏出来，在他们面前晃晃，众人居然异口同声地大喊一声："变态狂！"

我正在网上搜查有没有追女孩的好办法时，秦默坐在我身旁，脸色黯淡地说："我失恋了。"就在这时，我电脑里放出的音乐竟然是："今个咱老百姓，真呀么真高兴……"他的脸色一下子变了，低声说："谈了两年的女朋友，飞了；做了两天的软件，没了；一颗纯洁的少男之心，再也找不到了。想当初，我和娜娜可是青梅竹马的一对，而现在青梅在校篮球队中锋的怀里躺着，竹马在宿舍里孤单地坐着。"听了他的话，全宿舍争相做呕吐状。秦默拍拍我的肩膀说："你一定要追上刘妍，这样我们才不是光棍宿舍。"我郑重地点了点头。

四

第二天清晨，我早早地爬起来，站在食堂的包子摊前，只等着刘妍的出现。就在又一笼热气腾腾的包子摆上桌子时，我收到了赵小军的短信："目标已跑向你处！"我慌忙对老板说："剩下的这笼热包子我都要了！"老板刚给我打好包，果然就看到刘妍气喘吁吁地冲了过来，不过看到空空如也的桌子，她脸上露出失望的神情。但是她依然不死心地问老板："还有包子吗？"

老板摇摇头，指着我说："剩下的都被这位同学包了。"她扭头一看，轻轻地"咦"了一声，说："你也在这里买包子吃？"顿时，我仿佛被柔和的春风吹拂着脸庞，甚至想起了张爱玲大师的名言——于千万人之中遇见你所遇见的人，于千万年之中，时间的无涯的荒野里，没有早一步，也没有晚一步，刚巧赶上了，那也没有别的话可说，唯有轻轻地问一声："噢，你也在这里买包子吗？"

我冲她粲然一笑，说："是的，我最喜欢吃这里的包子了，所以每次我都要吃很多才过瘾。这样吧，反正我买的也够多，我请你吃包子吧！"刘妍想了一想，又看了看我手里提着的一袋包子，可爱地说："好吧，不过这可不算你请我，而是我帮你解决这些包子。"她只吃了两个就已经喊饱了，坐在旁边开始看我吃，我不禁在心里怒骂卖包子的老板为什么要把包子做这么大。当我捂着肚子回到宿舍的时候，秦默大声问我进展如何，我弯着腰艰难地做了一个"OK"的手势，说："一切都在计划中，和她一起吃饭了，心中很满足，胃中更满足！"

五

赵小军从外面冲进来，然后把手里的滑板扔在我的怀里说："老大，快出去学滑板，我今天听朋友说刘妍想学滑板，你要加油！"我一听，马上提起滑板就往楼下跑。在赵小军连推带拽的残酷教育下，我终于能在滑板上驶出比平时走路稍微快一点儿的速度了。赵小军哀叹道："你这是滑板？我看像是木筏！"

不过就在我小心地在小道上穿行的时候，突然发现刘妍正在我前方不远处慢慢走着，我顿时恶从胆边生，加快速度向她撞去。我甚至能想到接下来的情况，我一下撞倒了刘妍，她的膝盖流血了，我马上抱起她向校医院跑去，一边跑一边低头对她说：“妍妍，你一定要坚持！”她流着泪趴在我的胸前。

只可惜就在我快要撞上她的时候，只听到旁边有一个女孩大声喊：“小心！”听到喊声的刘妍下意识地往旁边一跳，我就踩着滑板从她身边呼啸而过。当我发现前方正有一棵碗口粗的大树时，惊叫道：“赵小军，我怎么停下？”话音未落，我已经能看到满天亮闪闪的星星了。

当我清醒过来的时候，已经躺在了校医院的床上，赵小军怜悯地望着我。我小声问道：“刘妍没有来吗？”“刚走不久，不过她要走了你的手机号码，说会给你发短信慰问慰问你的。”说时迟那时快，马上我的口袋里就传来了短信的提示音。赵小军微笑着说：“她还挺在乎你的！”但是我打开手机，脸色一变，没有说话。赵小军小心翼翼地问：“她短信上说什么？”我念道：“本公司现有一批九成新黑车，有桑塔纳、奥迪，并代理讨债、黑枪及帮小学生开家长会等业务……”赵小军已经笑得花枝乱颤。

六

第二天，我一瘸一拐地出门了。秦默很诧异我的坚强，我只说了一句：“刘妍请我吃饭。”他善解人意地对我说：“加油。”在校门外的小饭馆里，我高兴地看着打扮得清纯可爱的刘妍，问：“请我吃点儿什么？”刘妍斜了我一眼，笑着说：“当然是吃猪蹄啦！吃脑补脑，吃爪补脚，要想脚好得快当然要吃猪蹄啊！”而她又点了一盘排骨，我猜她一定想成为骨感美女。

我啃着猪蹄，看着对面的刘妍正在专心地啃着一块大骨头，顿时不晓得哪来的豪情，冲着她说：“妍妍，我要追求你！”她忽闪着大眼睛看着两只手拿着一个大猪蹄，嘴巴边全是油的我。我被她的眼神看得越来越没有底气，小声说："其实我在去你们班上课前就喜欢你了，那时见了你第一面就……"我说不下去了，因为她正盯着我饶有兴趣地看着，看得我心里发毛。

刘妍突然放下排骨，拍拍手掌说："我知道！其实你就是那天早上在我背书的时候玩命咳嗽的家伙。"我吃惊地抬起头，手中的猪蹄犹如古代大将的兵刃一样掉在地上，我喃喃地说："你早就看出来了？"刘妍皱了皱小鼻子说："废话，你还以为自己多高明吗？要不是我故意把苹果核扔你脑袋上，你还不晓得什么时候敢和我说话呢。"我瞠目结舌地看着她："一语惊醒梦中人，我还一直以为自己是牛顿呢。那么，那么，那么你愿意和我在一起吗？"

当我鼓起最大的勇气挤出来这句话时，脸上已经出了不少汗，和猪蹄上的油混在一起肯定有碍市容。她饶有兴趣地看着我，不置可否，只是笑笑说："那就要看你接下来的表现了，我这关好过，但要把我们宿舍的姐妹们也征服才行！"

吃完饭回去，我就发动整个宿舍行动起来，终于在第二天，托人给刘妍宿舍送去了一筐新鲜水果。水果并不稀罕，但是比较稀罕的是我们在每个水果上面都贴上一张小纸条，例如"你就是我心目中水灵灵的苹果"、"你就是我心目中美味的鸭梨"、"你就是我心目中酸酸甜甜的菠萝"。而在水果筐的最外面贴着一张最大的纸，上面写着："我愿意当你的箩筐，你可以从里面拿走快乐，也可以把你的烦恼放进来，我们一起笑对生活。"这个浪漫招数一时间在女生宿舍楼里传为佳话，事后刘妍说我当天的表现完全可以打一百分。不过此方法最大的弊端就是不能选择葡萄、草莓等小巧玲珑的水果，那样你会发现等你贴完所有的纸条，水果也成了农家肥。

周末，当我和刘妍两个人在森林公园快乐烧烤的时候，趁她不注意，我从背包里拿出两个大包子说：“妍妍，你看，我把我们的媒人都带来了，让我们把它们也烤了吧！”

爱情怎么是踢出来的？

一

当我正在故作优雅地翻一本女性时尚杂志的时候，张雷在我旁边嘟囔道：“只有最没有品位的男人才看这种杂志。”我对他的不满不屑一顾，因为我知道他嫉妒我的风度翩翩与玉树临风。我指了指封面上偌大的几个字“小资必读，白领必看”，语重心长地说：“虽然我们现在还是学生，但是加强我们自身的修养还是很重要的！”他用极其鄙视的语气说：“有本事你就去校园里找自己的爱情啊，就会看杂志上的比基尼泳衣模特算什么本事？那几页都快被你翻烂了！”

我决定去寻找自己的爱情，不能让张雷瞧不起我。虽然我不相信母猪会上树，但是我相信校园里面有爱情。我从报亭买了 18 本校园杂志，生意一直不景气的大爷恨不得唱着《十送红军》看着我的背影越走越远，渐渐消失在地平线那边的公共厕所里。当我从厕所里出来的时候，我觉得自己充满了力量，用武侠小说里的说法就是“我的身边弥漫着一股杀气，那股气势让所有人都感受到我的存在，他们因为我的杀气而在瑟瑟发抖”，用旁边一个男生的话说就是“哥们，里面没灯吗？怎么踩一脚大便这么臭啊？”。我没有理他，完全沉浸在甜蜜的爱情里，当然，是杂志里的爱情故事。

走在校园小路上，我正在回味着那么多爱情写手营造的温馨爱情的时候，忽然从身后传来刺耳的自行车刹车声，伴随着的尖叫和撞击的声音。我的身体向前冲去，摔了一个名牌动作“狗啃泥”，我的脸朝下贴着冷冷的地面，但是仍然挂着笑容。所有的爱情故事里，如果男主角被自行车撞到的话，那么骑车的肯定是个长发的清秀美女，然后两个人肯定能擦出火花，成为校园情侣中的一段佳话。正当我柔情地翻了个身，准备跟美女来个一见钟情的时候，忽然看到了一件很恐怖的事情。她正瞪着小眼睛看着我，脸上肥沃的土地显示了我国的国民生产总值正在稳步上升。我站起来，不顾腿上被撞出了伤口，拔腿就跑。她站在原地，指着我骂道：“背后没长眼睛啊？怎么也不看路？小心下次我见你一次撞你一次。”

我跑了好远，实在看不到她巨大的身躯了才停下来，惊魂未定的我失望地把那本写着《一段撞出的爱情》的杂志远远地扔了出去。在杂志落地的时候，听到了花园那边响起清脆的“哎哟”声，我一拍脑袋，在心里大叫一声：“太棒了，砸到一个女的！”我想起了很多校园小说里写的，一个漂亮的女孩在球场边走着，忽然就有一个男孩子用势大力沉的射门把一个脏兮兮的足球踢到了美女身上，轻则把白裙子弄脏男孩帮忙洗裙子，重则把女孩打成脑震荡男孩抱着就往校医院跑。每当看到这种故事的时候，我都感到深深的遗憾，为什么民间有这么多射术精湛的射手，但是中国足球就是无法称霸亚洲呢？不过这时，我无暇去想今后中国足球的改革方案，我只是快速地翻过铁栅栏，尽量跟刘翔一样帅，不过可惜裤子被划破了。我一只手挡着裤子，避免春光外泄，另一只手均匀摆臂。当我跑到花园深处，那本杂志还在地上躺着，我被眼前的景象惊呆了。一个美女正在嘟着嘴巴揉着自己的脑袋，我发觉自己中奖了，如此一个穿着翠绿色的外套，有着大大的眼睛、小巧的鼻子的美女居然被我砸中了。就在我准备上前帮她揉揉脑袋的时候，从她身后的草丛中站起来一个四肢发达的男生，用满含敌意的眼光看着我，故意把手指头弄得跟脆骨似的啪啪响。我歉意地对女孩笑笑，转身就跑了，一边跑一边即兴创造了一首诗："轻轻地我跑了，正如我轻轻地来；我轻轻地跨过栅栏，划破裤子一条。"

就在我对爱情已经万念俱灰，准备回宿舍继续接受张雷的鄙视的时候，忽然看到小路上走过来一个窈窕淑女，她黑直的长发仿佛每一根都在缠绕着我的心房。更让我感到一见钟情的是她居然一边走一边看《大学生行为修养》，从这简单的一个场景中我就能看出她是个有理想有追求的淑女。她明显没有注意到一棵大树后面的那双透露出火辣辣的爱意的小眼睛，继续向前走着。我偷偷地发挥自己在《谍中谍》里学习到的跟踪技巧，在她 10 米之后紧紧跟随。我甚至可以想象到 5 分钟后，她走入一条小巷子，然后从阴暗处跳出三个面目狰狞的淫贼，抓着美女就准备做一些影响安定团结的事情。就在这时我跳了出来，大喝一声："住手，把她放开，要脱就脱我的衣服吧！"三个人大怒，冲过来群殴我，我一边承受着打击，一边伸出手喊："别管我，你快跑，别忘了替我报仇。"就在我沉浸在灾难过后，美女为了感谢我的英勇而以身相许的美丽故事中时，在我前面一直走着的美女忽然掉头对着我走过来。

那一刻，我慌张，我迷惘，我紧张，我出汗，我心虚，我抬不起头，不敢去看她那双忽闪闪的大眼睛。她向着我走来了，我的脚迈不开步子，不晓得自己该继续向前走还是掉头就跑，这时我才知道了“看到漂亮女孩就迈不开步”是什么意思。她停在了我的面前，用银铃般的声音说：“请问你捡到我的爱情了吗？”我吃惊地一抬头，她正在用清澈的求知欲极强的目光看着我。我什么话也没有说，拔腿就跑，一边跑一边在心里暗暗骂道：跟了半天原来跟的是个精神失常的，怪不得走路要看《大学生行为修养》。唉，这么漂亮，真可惜。

二

回到宿舍，不出所料果然被张雷嘲笑我肯定是偷偷地跑到别的宿舍打游戏去了，还说我不但是个爱情懦夫，而且是个爱情绝缘体。我不跟他争辩，只是用他的电脑上了两个黄色网站，中了三个木马。下午正在睡觉的时候，忽然张雷推醒我说：“赶紧起来，下午我们要考《三相电路理论》。”我迷惘地问：“咱们还开过这门课？”张雷一脸鄙视地看着我说：“我就知道你一次也没有去过，我整整比你多去了两次呢！快点，要迟到了。”

我们俩慌慌张张地跑进大教室，监考的老师用陌生的目光看着我们。当我们冲到最后一排的时候，发现虽然平时大家争着坐前面，但一到考试时间，最后几排的位置都已经供不应求了。这时那个秃头监考老师招呼我们说：“那两个我不认识的学生，你们过来坐前面吧！”在整个教室的哄笑声中，我和张雷灰溜溜地坐在了第一排。就在我左顾右盼准备和周围同学拉近一点距离的时候，忽然从我的正后方传来银铃般的笑声，以及两个女生的窃窃私语。我一向对声音美妙的女孩子有着强烈的接近欲望，我把自己的钢笔摔到地上，然后弯腰去捡，有意无意地向后看了一眼。我瞪大了自己的眼睛，因为我看到身后坐的正是那个走到我面前问我有没有捡到她的爱情的美女。她看到我的惊奇，一脸坏笑地对我吐了吐舌头。我在心底对苍天呐喊："天啊，太可爱了！"

这时张雷凑过来说："嘿，真是会咬人的狗不叫啊，老实交代，你是怎么认识这个美女的？"我拼命摇头说："我不认识我不认识。"张雷坏笑着说："既然你不认识，那么我可要放手去追了。"我慌忙拉住张雷的袖子说："别做傻事，她可能受过刺激，智商有点儿低，上次还在路上问我莫名其妙的问题呢。"张雷扭头看了女孩一眼，叹了口气，用特别忧国忧民的语气说："浪费了。"那个美女肯定从我们的谈话中听出了端倪，在后面拍了两下桌子，并且用笔尖狠狠地扎了我一下。当我喊疼的时候，她用特无辜的表情对我说："对不起啊，我不是有意的。"我正准备挽起袖子和她理论，监考老师在讲台上敲敲桌子说："别说话了，准备开始考试。"

当卷子发到我手里的时候，我知道了"傻眼"这个词的具体含义，一张张跟藏宝图一样的电路图让我的眼前一片混乱。当我把求助的目光投向张雷的时候，他正在把自己手里的圆珠笔当玉米棒啃，很明显他和我陷入了同样的境地。考场上很安静，如果小学生来形容肯定是"教室里安静得连掉根针的声音都能听到"，我甚至能听到身后女孩书写答案时的沙沙声。考试进行到一半的时候，我趁老师不注意，快速转头跟后面的美女说："江湖救急，传下答案。"

美女在我背后小声说："我现在给你传选择题的答案，我踢你腿一下就是第一题，两下就是第二题。然后踢你屁股一下就是选 A，两下选 B，依此类推。"我还没有表示同意，她就开始用小蛮靴给我传答案了。一会儿重，一会儿轻，偶尔还两只脚一起踢。我在紧张地记录答案的同时，也不由得佩服她能想出这么有创意的作弊方法。

我刚把选择题做完，就从后面飞过来一张纸条，准确地落在了我的桌子上。虽然我很盼望计算题的答案，但是我确实没有想到她会有勇气在老师眼皮底下扔纸条，并且还有那么高的弧线。老师果然抓住了我，他愤怒地说："坐在第一排还敢传纸条？"我吓得腿在不停地发抖，他冷笑着打开纸条，忽然脸上一阵红一阵白，把纸条拍到我面前说："她为什么要给你传空白纸条？"我一看，提在嗓子眼的心一下子归了原位。考完交卷子的时候，我瞟了一眼她的卷子，除了看一道填空题的答案之外，还看到了她的名字：田甜。

出了考场之后我被无数人耻笑，难道屁股上满是鞋印的人就没有人权了吗？

三

再见田甜是在考试成绩出来的那个晚上，我借"考试过关要感谢恩人"为名请田甜吃饭。她从宿舍出来的时候穿着一件白色外套和一条浅色牛仔裤，把她标准的身材凸显无疑。我执意要请她去学校门口的必胜客吃 Pizza，她挺不好意思地说："不用那么破费吧，虽然我给你传答案，但是你也让我踢你踢得那么爽。"我拍拍胸脯说："别别，如果不是因为你在考场里帮我，我怎么可能考得了 59 分呢？第一次距离及格这么近。"她还准备推脱，我一把拉住她就往外走，一边走一边大声说："我说了请你吃饭就一定要请你吃饭，男子汉说话就要算话。"在来来往往的同学看来，我只是一个热情好客豪爽无比的汉子，其实当时我的心如撞鹿，正在体会拉着她小手的奇妙感觉。而她的手在我的掌心不停地挣扎着，我把手抓得更紧了，更加大声地说：

“咱老乡客气个啥，不就是请吃顿饭吗？走走走！”到最后，她觉得实在无法挣扎开了，小声地说：“你把我的手放开，我自己走！”我看着她的眼睛说：“不行，你肯定会跑的，我不放手。”她的脸跟刷过油漆一样马上红了。

在必胜客，我们俩大快朵颐，吃着一块12寸的大Pizza，高兴地聊着天。她还激动地说：“我第一次就知道你在后面跟着我，当时不知道你是干什么的，刚好那一段时间报纸上又说经常出现校园色魔，我看你挺符合，所以当时也挺害怕。但是最后我鼓足勇气一回头，发现你的脸全红了，那时我就知道你不是坏人了。至于我说那句话，完全是好玩罢了，可不是因为我失恋了。”时间在我们的谈话中一点点地溜走。付账时，我潇洒地打了个响指，大声说：“小姐，买单。”等小姐拿着账单站在我旁边的时候，我一摸口袋，脑袋里一片空白，三个字在我的脑海里不停地徘徊：“钱包呢？钱包呢？钱包呢？”田甜看出了我的窘态，微笑着说：“我来付吧。”在服务员满眼的笑意中，我灰溜溜地出门了。在昏黄的街灯下，我歉意地说：“真不好意思，本来说是我请你吃饭的，这样吧，我请你喝咖啡。”她歪着脑袋对我吐了下舌头说：“算了，下次吧，这次我可没有钱买咖啡了。”

四

吃完必胜客回到宿舍，张雷表情严肃地坐在床边等我。他盯着我看了一分钟，然后肯定地说：“你恋爱了。”我拼命摇头，他又说：“那肯定是蹭人家的饭了！”我用崇拜的眼神看着他，他接着说：“不管怎么样，我觉得你快要恋爱了。你上次借我的100块钱赶紧还了，要不等你坠入爱河我就更要不到手了。”我没有理睬他，而是在日记本上重重地写下了一句话：“和美女共进晚餐的感觉好极了，特别是在自己不用出钱的情况下。”

我已经决定对田甜表白了，因为我在五天内连续四天梦到自己和她在一起，还有一天梦到张雷拿刀追着我要钱。我苦恼地拿着一张纸，在上面列下所有可能的表白方式：送花？太老土。钻戒？太浪费。情书？太没劲。就在我苦思冥想是用一个热气球吊着一条“I LOVE YOU”的条幅出现在她的窗外，还是在她必经的小路上都贴上类似刻章、办证的小广告来表达我对她的爱意的时候，张雷又在一边唧唧歪歪地说：“我的100块钱，我的100块钱……”我大声说：“你烦不烦啊，有本事你帮我表白了，我就还你钱！”他马上出去了，我当时也没有在意。

过了二十分钟，田甜打过来电话说：“你哥们张雷都跟我说了，有话你怎么不直接跟我说呢？我又不会吃了你。”那一刻，我的心犹如拖拉机的发动机一样突突跳动着，张雷在我心目中的形象迅速高大了起来。田甜接着说：“你晚上有时间吗？7点在操场等你。”挂了电话，我还咧着大嘴傻笑不止，怎么都无法合拢。

晚上7点，月光皎洁，路灯昏黄，除了少了一棵村头的老槐树，其他意境已经足够了。她斜靠在篮球架边等着我，看到我过来，轻轻地摆了摆手。我们俩在操场边慢慢走着，边走边聊。我竭力发挥自己的幽默特色和今天下午浏览了八个笑话网站的成果，看得出来她很开心。我趁她笑得最灿烂的时候说：“张雷跟你说了吗？你觉得怎么样？”她微笑地看着我说：“没有问题啊。”我在心里高呼“张雷万岁”，一把拉住田甜的小手，用颤抖的声音说：“田甜，我自从看到你的第一眼就喜欢上你了，你做我的女朋友吧。”田甜“啊”了一声，小手想挣脱，我紧紧抓住不放，然后开始了我酝酿很久的真情告白：“田甜，你可知道我自从幼儿园问一个女孩子要巧克力吃被拒绝之后，每次都会被女同胞无情地拒绝，以至于让我早已经对爱情失去了奢望。我原本以为校园里再也没有爱情了，爱情只存在于那些美丽的杜撰的故事里。但是当我第一眼看到你的时候，我就被你吸引了，刚开始还只是为你的美丽倾倒，但是你说了那句‘请问你捡到我的爱情了吗’，我就觉得你是我的同道中人，我们都在为了寻找纯洁的爱情而苦苦追觅。如果可以的话，我希望你能接受我的追求，让我为你遮风挡雨。”

田甜如入定般一动也不动，如果不是她的眼球还在滴溜溜地转着证明她正在思考的话，我真的以为她已经休克需要做人工呼吸了，那样我会毫不犹豫地扑上去。我焦急地又问了一遍：“好吗？”她这才微微地点了下头，点头的幅度绝对不超过 5 度锐角。我高兴地蹦了起来，大叫一声：“耶！”

五

我能找到田甜这么优秀的女朋友，能拥有这么一段美丽的爱情，百分之九十九是靠上帝的眷顾，还有百分之一是靠张雷的帮助。所以我决定请张雷吃饭。

我一边敬酒一边问：“兄弟，你是怎么帮我跟田甜表白的？”已经醉意十足的张雷支吾着说：“我就说‘田甜，他想让你先帮他还 100 块钱给我，过几天他会亲自给你 100 块钱加上 50 块钱的利息’。我怎么也想不到你们居然在一起了，她怎么会答应你的追求呢？完全是鲜花插在了牛粪上嘛。”

我对他的感激之情已经化为乌有，正在这时，田甜打来电话说：“你死哪去了？快过来陪我逛街，五分钟看不到你我就去撞车自杀！”我看了一眼已经醉倒趴在桌子上的张雷，伤感地说：

“兄弟,对不起了！”我决然地扭头离开了,临走对餐厅服务员说：“账去找桌子上趴着的家伙要！”

5分钟零47秒之后,我赶到了学校大门,没有找到她的身影。我全身开始出汗：“她不会受刺激精神失常，真去撞车自杀吧？”冲到门外的大路上，只见她垂头丧气地坐在路边的台阶上，我跑上去问：“田甜，我来了，下次不要开撞车自杀的玩笑了。”她看了我一眼，说：“谁说我开玩笑了？我真的去撞车了，不过把那个小孩的自行车撞坏了，刚才赔了20块钱，你看你是不是把这报销了？”

千万别学我

如果我能进入中国国家足球队，我想我一定是最敬业的一个，因为在一场宿舍对抗赛中，我奋不顾身玩起了俯身冲顶解围，最后导致的结果除了满堂喝彩，还有就是一头撞在了门柱上。队友们都跑过来按住我的伤口，队长把手放在我的面前说：“你看，流的血也不算多。”我昏倒了，他们知道我晕汽车、火车、轮船、飞机，但是没有人知道我还晕血。

当我听到一个甜美的声音时，才迷迷糊糊地睁开眼睛。仿佛一道阳光刺进了黑暗，一个挂着微笑的女孩站在我的病床前，在阳光的反射下，她脸上黄黄的小茸毛显得特别可爱，穿着洁白得能让所有正常男人浮想联翩的护士装。我用执著的目光盯着她，虽然我承认自己不是个正人君子，但是很多时候我都会装得道貌岸然一些，不到某些特定时候，我不会如此没有礼貌地盯着一个美女看。什么叫特定时候？例如一个美女站在你的病床前，手里捧一个大脑的时候。

正当我竭力地想辨认出她手里拿的是不是我那美丽聪慧的大脑时，她对我一瞪眼睛说："看什么看，我玩一下马上就放回去了。"我立刻又要昏过去了。这时一个年长的声音传来："小樱，怎么又玩脑袋，快把脑袋放下！"我疑心自己是不是到了阴曹地府或者什么非洲食人部落，怎么她没事就喜欢拿人脑袋玩？我狠狠地掐了自己大腿一下，然后剧烈的疼痛让我"哇"的一声跳了起来。正在来回把玩人脑的小樱吓了一跳，把那大脑径直扔了过来。我接到了，还好只是模型，要不然我的手掌将成为豆腐脑碗。小樱又用那利剑一般的眼神刺了我一眼，严肃地说："医院之内，不许大声喧哗。"

我正要狡辩的时候，外面传来一阵叫声："医生医生，我哥们打球时摔了，您过来看看。"然后这个叫小樱的女孩马上跑了出去。过了一分钟，她又举着双手跑进来对我说："过来，帮忙抬……"话没有说完，她就停下了，因为我看到了她的满手鲜血，已经晕了。

我再次醒来的时候，小樱送给了我一件礼物，是一个亲昵的称号"胆小鬼"。我丝毫不去争辩，因为她叫我"胆小鬼"的时候，正拿着一把解剖刀在手里玩来玩去，我怕她给我开了膛。

小樱说："医生让我问你几个问题，来确定你的大脑有没有被撞坏。"我大义凛然地回答说："好，你问吧！""中午吃饭了没有？"我用不可思议的眼神看着小樱，伸手去摸她额头。她向后退两步，大声说："你干什么动手动脚的？"我愤怒地说："我摸摸你脑袋是不是撞坏了，我中午请你吃的肯德基全家福套餐。刚才你还说吃得好爽，怎么一转脸就不认账？"她嘿嘿一笑说："不好意思，我忘记了。那么1+2等于几？"我不回答，让一个数学系高等数学专业尖子生回答这样的问题有些残酷。我强调必须公平，她问我一个问题，我就问她一个问题。最后几轮问答下来，她知道了青蛙有四条腿，知道了青蛙是蝌蚪变的，知道青蛙还叫做田鸡，知道了青蛙是绿色的，知道了青蛙是用皮肤呼吸的。我一直以为她跟青蛙过不去是因为嘲笑我是大青蛙，最后才知道是因为她解剖的青蛙太多，产生了青蛙情结。而我获得的答案就是知道了她叫黄小樱，21 岁，是医学院的大三学生，来医院实习，身高 1 米 66，冬天体重 47 公斤，夏天体重 45 公斤，家住在某某路某某巷某某胡同第五家。总结问答测验后，她得出的结论是："你的脑袋足够你再撞十次都不会成为白痴。"不过医生说为了防止后遗症，我还要再留下观察几天。

在一个风高月黑的晚上，她走到我的病床前，用阴森恐怖的声音对我说："你能陪我出去散散步吗？"我虽然很想睡觉，但是为了避免会有针头留在屁股里这样的医疗事故的发生，还是陪她出去了。退一百步来说，我是不会拒绝一个女孩子的深夜邀请的，除了恐龙和某些不良职业者。

她在月光下轻轻诉说自己对一个师兄的仰慕之心，说为了师兄甚至连最抗拒的解剖课都不落下，说自己在每个睡不着的夜里都会想起他抱着书钻研的情景，想起他拿起解剖刀的英姿，连他迟迟不敢下刀的迟疑和奔出门的呕吐都是那么的器宇轩昂。但是当她对他表白的时候，却遭到了残酷的拒绝。用那个白眼狼的话说就是："咱们俩就如同胃和肠的关系一样，我是胃，你是肠。知识不过就是从我这里先经过，再到你那里罢了，然后会变成粪便。所以我们俩之间不可能有爱情存在，如果胃和肠掺和在一起，那么就容易引起胃溃疡和十二指肠溃疡。"说实话，我没有听到过一个男人可以把拒绝的话说得如此有知识性和趣味性。

小樱一边说一边轻轻地抽噎，我慢慢地拍着她的背，温柔地说：“乖，不要哭了。你是个好女孩，一定会有男孩子喜欢你的。”她摇摇头说：“不会的，不会的，一定不会再有人喜欢我的。”从小看多了《水浒传》导致极度崇拜西门庆的我有着一颗悲天悯人之心，我把拍她背的魔爪向外伸展20厘米，紧紧地抱住了她。她抬起纯净的眼睛看着我，然后如春天里的小葱一样的手指轻轻一动，我上钩了。我大声喊道：“你为什么点我穴道？”

那次深情告白之后，她似乎见到我都有了一些羞涩，脸蛋变得绯红，有事没事都喜欢往我病房跑，坐在我旁边跟我聊天，直到我要出院的那天。站在明亮的医院大厅里，她一只手搓着衣服角，一只手掐着我的肉说：“你怎么这么快就好了呢？”我吃惊地说：“小樱，我要是再住下去，穷都要穷死了。不过为了你，你看我多住了这么久。”她不伤感了，仰着头，用明亮的大眼睛盯着我说：“你要记得常来呀！”旁边一个经过的大爷插话说：“小姑娘说话多不吉利，谁愿意常来医院！”

回到学校，刚与小樱分开我就开始想念她了。躺在床上，我辗转反侧，想念她那微微的笑，想念她命令我脱下裤子打针时的凶悍，想念她坐在旁边听我讲故事时的恬静，甚至想念医院里苏打水的味道。我开始回忆起相识后的一幕幕，灵感犹如泛滥的黄河之水，连绵不绝。我跳下床，飞奔至图书馆，借了五本大部头的医学类著作，开始给她写起了专业性极强的情书。

亲爱的小樱：

第一眼看到你的时候，你就犹如心脏起搏器一样让我的心脏砰砰开始剧烈跳动，我想那叫做心律不齐。第一次听你哭泣的时候，你就犹如 X 片一样，让我对你一目了然。和你分开之后，我坐卧不安，食之无味，夜不能寐，医生说我是食欲不振少儿多动外加失眠尿频症，我问她有没有简单一些的叫法，她说这就叫相思病，药方只有一个，那就是你的爱。

我们，就像永远伴行的静脉和动脉，一起搏动。如果我是那 206 块骨头，你就是那 600 多块肌肉，我们一起支撑着生命运动；如果你是头皮，我就是那头发，永远保护着你；如果你是心脏，我就是双肺，呼吸着供给你能量；如果你是小肠，我就是大肠，帮着你清除垃圾；如果你是眼睛，我就是嘴巴，永远在你的注视之下。

来一剂速尿吧，加速我们爱情的进程；来一剂青霉素吧，清除我们爱情的障碍；来一剂多巴胺吧，让我们的感情像血压器里的水银一样往上升；来一剂洛赛克吧，把爱情里酸的东西除掉，留下所有的甜蜜。

等待你治疗的相思病晚期患者

当我把情书托朋友带过去后，第二天就接到了小樱的电话，她说明天会回学校办事，到时很想和我见一面。

果然见到了她，我们俩站在柳树下，相视，傻笑。然后我们就坐在长凳上慢慢地聊天，诉说着小儿女的情愫。正在这时，她接到一个紧急电话，要马上出去。她把手里的盒子放在我手上说：“你先帮我保管着盒子，我有点事情，办完了就回来学校找你。记住，盒子千万不要打开。”

我抱着大盒子回去了。偷看别人的东西是每一个高素质人必须要鄙视的行为，所以我不打开。但是我鼓动着小胖去偷偷地看一眼。好奇心极强的小胖马上听话地去打开盒子，然后我晕了。为什么小樱不告诉我盒子里面放着一具雪白雪白的骷髅呢？小胖一边抽搐一边说：“以后找学医的女生千万要小心。”我没有听清小胖的话，只是在想这骷髅不会就是那个曾经拒绝小樱的学哥吧？睡在我上铺的森低声地吟着“学医苦，学医累，学医费用还挺贵；细胞组织都要背，解剖杀人皆要会。一手笔，一手刀，谁不服我谁残废。不怕僵尸不怕鬼，死人看多无所谓。长夜无妻伴尸睡，多吃人脑能开胃”！我的汗开始在漫天飞舞。

小樱后来解释说那是医院送给学校专门做研究用的，并且为了这次对我们几个幼小的心灵造成的摧残表示深深的歉意，还请我们吃了一顿大餐。她的贤惠还是让小胖扭转了对学医女生的偏见，他羡慕地看着我和小樱手拉着手，两眼里反射出狼一样的光芒。但是我和小樱都沉浸在二人世界里，没有发觉他的不正常表现。

传闻：有一男子，微胖，在午后，跑到足球场上撞门柱，没晕。再撞，还没晕，又撞，肿了。然后他自己摇摇晃晃走去医院。我慌忙对小樱说：“小樱，你们医院现在值班的是哪个姐妹？漂亮不？”小樱想了想说：“现在是我们马上要退休的护士长值班，今天天热，大部分小护士都休息。”我拉起小樱就往医院跑，我一定要追上小胖，告诉他我的爱情故事不可能复制，就算尝试，也要换家医院！

想起淑女泪满襟

对于我们这些爬着网络，喝着可乐，看着英超长大的青年来说，“相亲”就跟“佐罗”一样在我们的生活中稀少得很。不过可惜，我今天就要做一名21世纪的去相亲的“佐罗”。

其实我长得不丑，人也不坏。可是不知道为什么就是没有女生喜欢我，也许有的人喜欢我但是不敢说出来吧，我求求你们说出来吧！最近和老妈一直吵架，记得我上初一的时候有个扎着马尾的小姑娘给我写过情书，小姑娘名字叫小诺，说她喜欢我，觉得我像《机器猫》里的大雄。我那时并没有看过机器猫，不过听着大雄这个名字很有气魄。但是这么纯洁的初恋还没有发生就被老妈和老师扼杀在了摇篮里。从那以后，我好好学习，天天向上，再也没有谈过恋爱。经过多年的教育，我觉得自己成熟了，老妈却越来越看我不顺眼了，成天唠叨着：“你不是挺厉害吗？初一就谈恋爱，现在怎么这么没本事呀！”我装作听不见继续打游戏，老妈过来毅然地按下了CTRL+ALT+DELETE。我只得扭头可怜巴巴地看着她，老妈教训我说：“我们像你这么大的时候，小孩都能去捡煤球了。当然，你没有捡过。你陈姐帮你介绍了一个女孩，晚上去见见。否则你等着电脑冒烟吧。”

我看着被老妈写在手心的那个女孩的电话号码，无奈地洗头洗脸刷牙换衣服出门。走到门口，遇到从小穿开裆裤一起长大的军仔，他问我干吗去，我骄傲地一扬头说：“约会去。”他惊讶地张大嘴巴，这时老妈忽然追出来对军仔说：“你把你摩托借给我家龙龙骑骑，他今天第一次相亲，再骑破车不好看。”军仔忍住笑，把那小脸憋得红扑扑的，马上从摩托上跳下来，一本正经地说：“阿姨，好的，这就给他。这可是哥们的终身大事，别说摩托，借房子都成。”我狠狠地踹了他一脚，灰溜溜地骑着摩托在他的暴笑声中跑了。

和陈姐约在了晚上七点半，现在已经是七点了。我加大油门，在华灯初上的街道上行驶。这时一个警察超过我，对我挥挥手，一个敬礼。我马上下车，心想完了，这次一定超速了。警察哥哥和颜悦色地对我说："嘿，同志，你那不是自行车！你把后面的人都堵住了。"我推起车开始跑。七点二十分零八秒，我到达了约定的咖啡屋门口，正要存车的时候，一辆摩托以F1赛车的速度从我身边划过，风把我刚梳好的发型吹散了。我怒气冲冲地嘟囔道："赶着投胎呀骑那么快，有本事怎么不去参加达喀尔拉力赛。"轮胎摩擦地面的刺耳声音响起，那辆摩托车的主人走过来，一边走一边取下头盔，冷冷地对我说："小样，你下来。"我怯怯地说："大姐，好像是你碰到我了呀？"她反问一句："是吗？"我看着她手里反射出寒光的头盔，慌忙改口说："刚才真不好意思，我没有看到你，挡着你的路了，你忙你忙。"她得理不饶人地继续说："对了，你说谁去参加达喀尔拉力赛呀？"我站在她面前，发现自己需要仰视她，在心里暗暗地估算她的身高为我的高度加上五厘米然后减去四厘米的鞋跟高度，也就是说她只比我高一厘米。这时一看表，马上就七点半了。我慌忙说："我还要准备参加达喀尔拉力赛，不跟你聊了呀。"

虎口脱险般走进了咖啡屋，只有陈姐自己在那里坐着，我走过去乖乖地叫："姐姐好。"陈姐看看手表说："小晶那丫头怎么还没有到呀，真是的。"我客气地说："不要紧不要紧，我可以等。"陈姐解释说："小晶一向特别守时，一定是单位有事耽误了。"这时门口那提着黑色头盔的女孩一下子坐在了我的对面，我吓得冷汗涟涟，心想这回遇到一个狠主，估计她不拿头盔开我脑袋今天是没法脱身了。陈姐笑着说："怎么这么晚才来呀，小晶，我给你介绍，这就是我给你说的阿龙，阿龙，这就是小晶。"我们俩都张大了嘴巴，一脸难以置信的表情。我在心里埋怨老妈真会骗人，说这个女孩是多么的温柔贤惠，是多么的小鸟依人，是多么的百依百顺。有这么高的依人小鸟吗？我当那依人的小鸟才合适。居然还说她温柔，要不是我跑得快，早被她把脑袋开了，估计第二天城市晚报的头条都有了：“一相亲男头破血流进医院，凶手居然是相亲对象”。我们互相盯着对方看，心里都在打着小算盘。陈姐欣喜地看着我们，笑着说：“怎么都愣了？不会真的是一见钟情了吧？”小晶微微地低头，陈姐开玩笑地说：“啊，我们家小晶害羞了呀。”我条件反射似的冷笑了一声，然后只觉得有一个很尖的东西踢到了我的腿上，并且在我的脚面上紧急迫降，做短暂停留，并且鞋跟做了几圈圆周运动。我刚要惨叫，她可怜巴巴地小声说：“对不起对不起，我不是故意踩你的，都怪我不小心。”陈姐给我一个眼神，我懂，意思是“你看人家多么淑女，多懂礼貌”。陈姐站起来说：“我有事先走了，你们慢慢聊。”临走亲昵地拍了我肩膀一下，含意颇深地说：“你可要保重，不要太高兴了。”我正要求她不要走，“头盔”也就是小晶站起来温柔地说：“姐姐你慢走。”我绝望地看着陈姐坐上一辆的士远去了，掉转头发现她正在上下打量着我。我胆战心惊地想：她不会在考虑从哪里下刀比较好吧？她说：“你站起来，我看看。”我紧紧握住桌子腿说：“我不站，说不站就不站，打死都不站。”她气愤地说：“我被骗了，我妈说这次的这个人高大威猛又斯文绅士。请问高大威猛的你有没有一米八？”我怯怯地说：“这不关我的事情，我一米六八。”她酷酷地从手袋取出一根香烟，我慌忙说：“我不抽烟，我不抽烟。”她白我一眼，说：“我自己抽的。”我就如同一个受气小媳妇一样坐在那里看她吞云吐雾。旁边几对情侣吃惊地看着我们，我被看得浑身不自在，主动地跑去付账，只为了能早点回家。

走出咖啡屋，我绅士地跟她道别。她对我说："现在才八点多一点，你现在回家怎么跟你妈交代？"一想也是，这么早回家一定要被唠叨死的。我邀请她说："听说广场这两天人比较多，我们去逛逛吧。"她也挺不情愿地说："好吧，我就舍命陪小子吧。"广场有演唱会，人山人海拥挤得很，一个少年老是在我身边蹭来蹭去，我一摸口袋，钱没有了。小晶早一把抓住那个少年，说："你小子想死呀？把偷我们的钱拿出来。"少年吓得脸都白了，慌忙掏出二十块钱塞到小晶手里。小晶问我："你口袋里有多少钱？"我大声地说："还有一个一元硬币呢。"小晶转头呵斥道："居然还不老实，把那一块钱拿出来。"少年脸憋得通红，争辩说："我真的没有拿呀！"最后少年在小晶的威逼恐吓下，终于把一枚硬币拿了出来。之后小晶又训了一顿才把他放走。训了那么久小晶觉得口渴，我去买水时居然从口袋里掏出了两枚一元硬币，我傻了，小晶也愣了，说："这次真丢人，一不留神当了次抢劫小偷的强盗。"顿时兴致全无，我们贼眉鼠眼地看看四周，见没有人注意我们，慌忙发动摩托，准备潜逃。小晶恶狠狠地对我说："回去不要乱说话，否则你给我小心点。"我的脊梁顿时直冒冷汗。看着她骑着摩托一溜烟消失在街道尽头，我一边推着摩托，一边深呼吸来排解一下刚才的紧张。

刚进家门，老妈就跑过来问我对女孩的感觉怎么样，我的脑海里浮现出她那酷酷的笑，反射出寒光的头盔，需要仰视的高度，我脸上的肌肉不由自主地打颤。我说："好呀，女孩很温柔，根本不会大声说话，我们聊得很投机，如今这么淑女的女孩已经很少见了。"老妈兴奋地说："那好那好，明天早点起来去约她爬山吧！好不好？"半天不见回应，老妈疑惑地扭头，发现我正躺在沙发上翻白眼！

小熊饼干的幸福

一

在火车站站台上，我的面前站着马上要登上火车去深圳实习的女朋友莹。她用一种残酷中带着怜悯的眼神看着我，那种眼神我当年也曾经用过，看的是我家那只要被送去阉割的半岁小公猫。莹没有跟我吻别，也没有跟我“执手相看泪眼，竟无语凝噎”，而是仿佛推心置腹似的对我说：“你有没有听过张小娴的一句名言？”我摇了摇头。她柔和地朗诵道：“爱情并不复杂，来来去去不过三个字，不是‘你好吗’、‘我爱你’、‘我恨你’，便是‘对不起’、‘算了吧’、‘分手吧’。”

我原本以为“分手吧”这三个字也是张小娴所说，所以不但没有吃惊，反而鼓掌说：“写得真好。”她没有表情地说：“我们现在做一个游戏吧，你我都闭上眼睛，你向北走五步，然后再退回来，如果你睁开眼睛，看到的第一个人依然是我的话，那么证明我们的缘分还未尽，我在深圳等着你。”我按照她的话去做了，当我睁开眼睛的时候，却看到火车开了。其实从最近半年来她对我的冷淡中，我已经能看出端倪，但是我没有想到她会用如此有个性的方法来告诉我分手的事实。

二

走上开往学校的公交车，我还沉寂在张小娴的那句名言里无法自拔。但是就在这时，一个穿着某某小学校服的小男孩忽然站起来，对我有礼貌地说：“您坐我这儿吧。”当时我的感觉是处在了崩溃的边缘，好歹我也是校足球队一流前锋，速度飞快，身强体壮。我微笑着说："好懂事的孩子啊，你坐吧。"谦让了几次后，孩子"哇"的一声哭了，大声说："妈妈说坐公交车一定要给白头发的人让座。"车厢里的其他乘客全笑了，我在心里暗暗地咒骂舍友李龅牙，他剃了个锃亮的光头后也非鼓动我把头发挑染成白色，说这样的白发会让面试单位产生我是一个学习刻苦努力的好学生的错觉。

我习惯性地走进了学校门口的小卖部里，以前莹每天总要让我在这里买一包蜡笔小新最喜欢吃的小熊饼干，每次我都要发牢骚说："这些该死的日本企业就会用动画片来骗单纯幼稚的中国女大学生她男朋友的钱！"而今天，我要为自己买一包小熊饼干，让那些日本企业再骗一次我这样单纯幼稚的中国男大学生，原因一是我确实还有些想念莹，二是我早上没吃饭，实在是饿。只不过货架上已经没有了小熊饼干，老板指着旁边的小男孩说："最后一包他拿走了。"我低头一看，不是冤家不聚首，居然正好是公交车上给我让座的那个小男孩。我蹲在地上跟他说："小朋友，把这包饼干让给叔叔好不好？我拿一包薯片跟你换。"小男孩摇摇头说："不，我为什么要跟你换？"我媚笑着说："那我再加一瓶可乐。"小男孩依然倔强地摇了摇头。我崇拜地看了他一眼，站起身准备离开。他忽然拽拽我的衣角说："有事好商量啊，你再给我加一袋话梅我就跟你换。"成交之后我们一起走出小卖部，这时我才发现门外站着一个很清秀的女孩子。那个小男孩马上跑过去喊道："姐姐，姐姐。"那女孩看着弟弟怀里的东西，皱了皱眉头说："我就给你两块钱，你怎么能买这么多？"那小男孩马上指着我说："是那个傻瓜非要跟我换的。"女孩那双乌黑明亮的眼珠子在我身上转了一圈，然后拉起弟弟就走，风中还能传来她的训斥："以后不要跟陌生人说话，要是遇上人贩子该怎么办？嗯，不过这薯片味道还不错。"

说实话，当时我正沉浸在失去莹的悲伤和获得小熊饼干的喜悦中痛并快乐着，所以并没有太注意这个女孩。我垂头丧气地走进宿舍的时候，李龅牙正和他那姿色平平的女朋友拥抱着，坐在我的床上又咬又啃。看到我进来，两个人才恋恋不舍地把嘴巴分开。李龅牙关心地问："哥们怎么了？看着精神怎么这么萎靡啊？"我有气无力地说："别提了，失恋了！"李龅牙一拍桌子，大叫一声："好小子，有魄力，够时尚。现在学校里大四正流行分手，你马上就紧跟潮流。""我是被甩的！"当我说出这句话之后，李龅牙长叹一声："先下手为强，后下手遭殃啊！"他那姿色平平的女朋友马上站起身，拔腿就走，走出宿舍门时的最后一句话是："对不起，我先下手了！"李龅牙心急火燎地追了出去。我看着他的背影，无奈地摇了摇头，真怀疑这家伙每天是用小脑在控制自己的语言系统。正在这时，我收到了一条短信息，上面用崇拜的口吻写道："师兄，您好。我刚入校的时候就有幸在校报上看过您写的诗。不过一直没有机会当面请教，我叫胡娅，听说您马上快要毕业了，所以请您来跟我们几个文学社的师弟师妹们讲讲课可以吗？"我想也没想，只回复了三个字"管饭吗"，当收到了肯定的回答，我马上翻身下床，抄起垫床腿的一本袖珍版的《宋词三百首》出门。

三

我跑到约定地方的时候，只看到树下一个女孩正背对着我，背影窈窕，身材婀娜。我做了三次深呼吸，走到她身后，犹如地下党接头一般深沉地说："同志，我就是蛤蟆王子。"她转过头来，笑容全部凝结在了脸上，惊讶地看着我说："怎么是你？"是的，太不幸了，原来胡娅就是那个小男孩的姐姐。我猜想她心里肯定在想着一句话"诗人全部都是疯子或者傻子，就一个李白比较正常，还是个酒鬼"。

教室里，坐着几个明显希望早日进入文学殿堂的师弟师妹，他们都用崇拜的眼神看着我这个曾经在校报上开辟有诗歌专栏的风云人物，只有胡娅一个人站在外面微笑地看着我，把我看得很没有底气。我一边用自己的角度给师弟师妹们讲述自己写诗过程中的一些心得，一边偷偷看表等待着免费的午餐。

当指针指向 11 点半的时候，胡娅马上走过来说："现在让王子给我们即兴写一首诗怎么样？"我没有想到吃饭前还要先写诗，所以一点儿准备都没有，不过当我看到胡娅脸上的微笑，灵感突至，站起身对着她深情地说："其实／我不傻／一包饼干无论如何／换不来一包薯片加一瓶可乐，这就像我的心／不知道用什么方法／才能换来你和我两颗心／如果你是一把菜刀／那么就把我拦腰切断吧／我会身断志不残／坚决继续和你藕断丝连。"下面的人都听呆了，胡娅的脸已经变得通红。一个小时后，我如愿地在学校食堂里喝着啤酒啃着猪蹄，并且胡娅还坐在我的对面陪我聊天。

吃完饭，我和胡娅在校园里散步，刚开始谈文学谈诗歌，后来谈起了莹，我很没有出息地在胡娅面前哭了起来，一时间把她搞得手忙脚乱。就在我准备抓着胡娅的小手靠在她的肩膀上一诉衷肠的时候，李龅牙居然哼着小曲走了过来，站在我们旁边对胡娅说："美女，他怎么哭了？"胡娅着急地说："我也不知道啊，他正在谈他以前的女朋友，谁知道怎么突然就哭了。你认识他？"李龅牙斜靠着大树，笑着说："别理他，这小子一喝多了就哭，贼没出息。”我马上跳起来说：“你小子又诋毁我名声。”胡娅狠狠地瞪了我一眼，一甩头发，走了。我想去追，李龅牙拉住我说：“省点儿力气吧。都快要毕业的人了，别残害人家小师妹了。咱们都已经是夕阳了。”

四

最后一段时间日子过得飞快，我们每天在吃饭睡觉侃大山中等待着离校。那天我们在宿舍里打扑克，赢家可以命令输家做一些无伤大雅的事情。刚开始我的手气很好，连着命令李龅牙啃了三个半馒头，并且不允许喝水。李龅牙被噎得面色通红，含糊地说：“君子报仇，十年不晚。”果然，最后打的几把牌我严重失误，输给了李龅牙。他犹如小人得志一般命令我脱掉上衣去操场上跑一圈，并且在我背上写了几个大字，不过我却看不见。

我在操场上飞奔的时候，期冀着早点儿跑完，结束这件丢人的事情。谁知道跑回去的时候正好在楼下遇到了胡娅，她吃惊地看着没穿上衣，跑得面红耳赤的我。旁边的路人纷纷对我指指点点。我凑到胡娅身边说：“你帮我看看背上写的是什么吧？”她只看了一眼，马上捂着嘴笑起来，给我写了一张纸条就走了。我迷惘地展开纸条，上面写着：“你背上的字是‘我正处在发情期！’晚上有时间吗？一起吃饭？”虽然晚上和美女共进晚餐让人开心，但是李龅牙的字还是让我怒气冲冲地跑上去找他算账。

校外的小食堂，我依旧在啃着一只钟爱的猪蹄，胡娅坐在我的对面，微笑着看我啃得满嘴流油。她用柔柔的声音说：“你距离离校还有 37 天。”我迷惘地抬头看她一眼说：“怎么？就这么盼着我滚蛋？居然连日子都记得那么清楚。”她没有说话，大概保持了半分钟的沉默，她忽然说："我爱你！"猝不及防的我一下子把嘴里的可乐全部喷到了桌子上，抬起头疑惑地说："你开玩笑的吧？你刚才说什么？"她小脸通红，但还是咬咬牙说："我喜欢你。"

我恋恋不舍地放下手里的猪蹄，擦擦手准备对她进行一番思想道德教育。但是我还没来得及发话，她就低着脑袋，自顾自地说："我说了你不准笑，我刚进学校的时候，在花坛上捡到一张别人用来垫着坐的校报，反正那会儿我挺无聊的，就看了起来。那天就看到你的那首《天上的星星和地上的猩猩》，我就一下子记住了你的笔名。之后你在校报上发表的每一篇长诗和短诗我都看过。"我从来没想过就自己那两首破诗居然还真的有fans。她的眼神很真挚，很纯净。我站起身，残忍地对她说："对不起，大四没有爱情。我是蛤蟆王子，不是白马王子。公主和王子从此过上了幸福的生活，这样的结局只有琼瑶剧中才会有。"然后离去。

当我把自己拒绝胡娅的事情告诉李龅牙之后，他扑上来摸我的脑门，大声喊着："哥们干吗这样啊，那可是个大美女啊。"我严肃地说："其实虽然我和她接触得并不多，但是我能感觉到她绝对是一个好女孩。我们在一起的话，我想我真的会很开心。但是我们马上就毕业了，让一个女孩去尝试两地分离的痛苦，我做不到，我不能那么自私的。"李龅牙也严肃地对我说："党和人民都感谢你又挽救了一个美丽的劳动人民。"

五

事情的发展跟我想象的完全不一样。在离校前20多天，学校终于批准了我留在校报编辑部实习的申请。李龅牙坏笑着对我说："你小子失策了吧？没想到自己还要继续祸害母校吧？还是快去找你的胡娅吧，说不定还有挽回的机会，否则你就找个厕所撑死自己得了。"

我不怕丢脸，所以我站在女生楼下大声喊道："胡娅，胡娅，胡娅……"这时一个长着白板脸的男生走在我身后小声说："这家伙想和牌想疯了。"我没理睬他，而是继续对着三楼的窗户大声呼唤着。这时，胡娅的一个室友伸出脑袋说："别喊了，胡娅说不会再理你了！"我仰着头大声说："那你们问问她怎么才能原谅我呢？"她扭头仿佛商量了一下，然后大声说："除非你让我们把这盆洗脚水浇你头上。"想想韩信钻裤裆，想想张良捡鞋，我认了，我甩掉上衣一闭眼睛大声喊道："来吧！"

她们真狠，一盆水真的泼了下来。我没有躲没有闪，当水浇到身上的时候才大叫着跳了起来。胡娅马上跑下楼站在我旁边，手足无措地说："怎么了？她们非要用水淋你，我怕水太凉冻着你，特意加了半壶热水呢！"我哭笑不得地说："大姐，凉水我真不怕，但是你们浇下来的水也太热了啊！"

"你想吃点儿什么？我给你买，就算这次淋你的精神损失费吧。"

"我想吃小熊饼干。"

"你一个大男人怎么想吃小孩吃的东西？"

"我就想让日本企业用动画片来骗单纯幼稚的中国男大学生他女朋友的钱。"

三秒钟沉默。

"你真讨厌！"

毕业之前抱抱你

我是个嗜书如命的家伙，从我出生到现在二十多年，失恋了3的3次方次却没有割过一次腕，没有上过一次吊，只是在二楼抢着买处理货被人挤下楼梯一次，从而可以知道我对书的感情是无法用语言来描述的。

阳光明媚的星期二的下午，我正梦见党委书记摸着我的脑袋说："小伙子，昨天你奋不顾身地帮兄弟打架，我会考虑追认你为入党积极分子的。"我咧嘴开心地笑了。这时手机忽然响了，打开手机，班长气急败坏地嚷道："马上都要毕业滚蛋了，你小子还想不想混了？我早就提醒你别忘记今天全院集合，快来202室开会。"我慌忙跳下床，用法拉利的速度冲向了202室。

在202室最后一排的角落里，居然发现了一本卫慧的《上海宝贝》，我不由地怀念起自己在三伏天把头藏在被窝里看这本书看得热血沸腾的情景。众人说她用身体写作，而我却是看完书，身体上布满了痱子。我一向是个乐于助人的好同志，我想找不到这本书的兄弟一定很着急，我要帮助他。这本书是从学校图书馆借出的，要想找到借书人的资料很简单，登陆图书查询系统就可以了。仪器上显示最后一个借书人叫王承，哲学系新生。我一直以为哲学系的学生只看苏格拉底和马克思呢，原来他们也看卫慧的书？回宿舍，准备把书给我们宿舍唯一一个哲学系高材生，让他帮我转交。他正在背哲学辩论题，我拍拍他的肩膀说："嘿，老哲，你们系有没有个新生叫王承的？"他向上推推眼镜说："有呀，经管三班的，你问那女孩干什么？"我的瞳孔放大了两百倍："什么？女孩？长得漂亮不？"他吃惊地看着我，说："为什么你非要问有没有王承，而不问有没有刘承李承赵承呢？就像路上有一条狗，你为什么不问路上为什么是狗而不是猪呀羊呀牛呀，你为什么不问狗为什么叫做狗而不叫做猪呀羊呀牛呀？”我没有等他说完，一脚飞过去，“呀！”一声惨叫都富含着浓浓的哲学味道。

我怕累着自己兄弟，所以决定自己亲自去送书。当我怀揣着那本书去还的时候，心里怀着的是一种莫名的恐惧。本来我是可以叫别的女生顺便带去的，可是我又觉得那样自己很吃亏。万一，我是说万一,万一她是个美女，我不就白白放过机会了？我一直都是个比较勇敢的人，我一边走一边念叨着“我不是去娶她的，我不是去娶她的，我百米 12 秒，我是足球队的前锋，我不怕恐龙我不怕恐龙……”虽然我明白，取了一个这么有男人味名字的人估计长得也会比较有男人味。念着她的名字，我想起了那个让我无比景仰的人物和他掷地有声的豪言：“向我开炮，向我开炮！”

但是当一个女孩听到我喊“王承”后从班里走出来时，我放弃了逃跑的念头。上辈子我一定是王成烈士的战友，要不怎么觉得这个王承这么亲切呢？如果她是恐龙，那么我宁愿当青蛙；如果她是癞蛤蟆，我宁愿当一只天鹅被她吃掉。怪不得古今文人墨客都喜欢写一些一见钟情的情节，在这个世界上，一见钟情就犹如中 500 万彩票大奖那些概率很小。我不买彩票所以没有中过大奖，但是我见过那么多的恐龙，现在天道酬勤，终于让我见到了这束阳光。她小巧玲珑的鼻子微微皱着，问我是谁。我把书递给她说：“我捡到了这本书，特意来还给你。”她很惊喜地说：“你帮我捡到了，哎呀，我还以为再也见不到它了，真谢谢你！”我当初还怕她羞涩而不敢接呢，她手里拿着充满成人欢乐的书本，脸上展现的笑居然没有丝毫的羞涩和做作。呜呼！这样纯真而不矫情、开放而不失端庄的女孩子不就是我想要的吗？

回来的路上，我一边走一边念叨着“我要去娶她，我要去娶她，我百米12秒，我是足球队前锋，我要追上她，我要追上她”，并私自篡改了一句名言“有条件要追，没有条件创造条件也要追”。在临近毕业的最百无聊赖的日子里，我为自己找到了奋斗的目标而倍感充实。我没有钱请私人侦探，只好自己当侦探了。我注意到她几乎每天都要到图书馆，且每天都在二楼的文学书籍边泡着。这对嗜书如命的我来说，很难不对她产生更好的印象，所有的女人一旦套上文学的光环，都会在我的眼里有了光和热。毕竟可以不去麦当劳，可以不用陪她逛街，可以不去买那些可能引起我心绞痛的CK、美宝莲之类的东西，从而避免了我吃几个月馒头、咸菜的惨剧发生。接着我发现她只看小说，无论是武侠、言情、侦探还是科幻小说，拿起来就看，完全无章可循。按照我多年的看书经验，她无聊并且没有男朋友。读书使人进步，恋爱使人退步，正在谈恋爱的女生是不会去泡图书馆的，我发誓要让她退步。

我总是在图书馆“无意”碰到她，然后淡淡地打声招呼，然后我就找一切机会跟她接近。她一离开位置走进书架找书，我就不露声色地站起来往里面走。她从外往里走，我就绕到里边往外走，这样可以跟她面对面嘛。我假装一路找过去，找到了她面前我会假装很惊奇的样子跟她说些话，什么“你找什么书”，什么“你又在啊”，什么“这本书挺好看”，等等。然后她会出于礼貌跟我闲扯几句。其实我的每句问话都有意义，我问她“找什么书”，她一说找什么，我就会不失时机地跟她一起找。女孩子一般都不会拒绝别人献殷勤的。我问她“你又在啊”，其实是提醒她我们几乎天天见面，应该进一步熟悉才对。她看世界文学的时候问我哪些书好看，我就口若悬河地说了很多本不太出名的书并且介绍了些情节。例如《呼啸山庄》《战争与和平》这样太大众化的容易穿帮的书，我是不介绍的，因为我看的是世界名著缩略版，一晚上的恶补罢了，只为了让她看我的眼神出现崇拜的光泽。

记得电影里经常出现的镜头是男女主角同时去拿一本书，女主角把书拿出来，男主角晚了一步，一把抓住了女主角的手。女主角一惊，手一松，书掉在了地上，然后男主角弯腰把书捡起来，轻轻地递给她，两个人含情脉脉地对视着。可惜当我鼓足勇气对她的小手伸出魔爪的时候，她正在抽散文集的手猛地一抖，一层书架上的书一下子全倒了，“乒乒乓乓”的声音让图书馆里的人都把目光集中到这里。她调皮地对我吐吐舌头，我们两个人蹲在地上开始捡书，一个大妈站在旁边恶狠狠地监视着我们俩。从那以后，我们总会坐在一起安安静静地看书，一起去校外的旧书摊淘金，偶尔还会坐在阳光下的草地上聊天，日子不着痕迹地过去了。

又是一个星期二的下午，我呆呆地坐在屋里，看着日历。距我卷起铺盖告别这个风花雪月的校园还有一个月的时间，离愁不可抑制地泛上心头，我拍了拍老哲：“嘿，我正在考虑是不是应该在临走的时候对她表白，虽然我知道就算她接受了我，我们的未来也很短暂，但是泰坦尼克号上杰克和露丝的爱情不是也很短暂吗？有没有什么比较感人的，可以让人不舍的电影介绍给我几个，我请她看电影。”老哲真诚地看着我说：“《妈妈再爱我一次》。”我跳到他床上，抡起拳头开始打。他求饶地说：“大哥，别打了，明天晚上我们系会举行毕业生告别晚会，所有班都会参加，你也来吧，我给你申请个外卡。”

晚会上果然见到了她，她也吃惊地看着我，我轻轻地对她笑笑，然后抱着吉他走上台去，慢慢地唱起了那首《广岛之恋》。“你早就该拒绝我／不该放任我的追求……时间难倒回……24小时的爱情是我一生难忘的美丽回忆……是谁太勇敢／说喜欢离别／只要今天不要明天／眼睁睁看着爱从指缝中溜走还说再见／不够时间来好好爱你／还在玩着危险的爱情游戏……”偌大的教室里只听到伤感的旋律和我低沉的歌声。唱完后，我头也不回地走了，我没有勇气看她的眼睛。虽然背后掌声如潮，但是我明白，她不会鼓掌。老哲回去捎给我一张纸条：“你要是大一该多好，我们还有四年；你要是大二多好，我们还有三年；你要是大三多好，至少我们还有一年；可是你为什么是大四呢？”老哲在一边轻轻地摇着头说：“可惜呀可惜。”我扭过头问他可惜什么，他说：“可惜你已经拿到了毕业证，要不你可以试着留级的。”然后他做出要逃跑的样子，但是我没有动，只是苦笑两声。这时电话响了，我拿起话筒，听到了她的声音，她找我。我粗着嗓子低沉地说：“他不在。”她还想再说什么，我已经挂了电话，没有泪流满面。

老哲要走了，去南方的一所学校教书，我作为一个壮劳力，替身单力薄的他背起铺盖去火车站。在站台上，我和老哲正在惺惺相惜地告别时，忽然发现老哲正惊讶地看着我后面。我扭头一看，她居然来了，眼睛红红的，因为跑得太急而让小脸红扑扑的。她喘着粗气站在我面前，盯着我。我正要解释什么，她气愤地说：“懦夫，亏你还是大学生，连表白都没有勇气，连走都偷偷摸摸地走，要不是我看到你背着铺盖出来了，我还傻傻地等你呢。”我感动地走上前去，一下子抱住她，轻轻地说：“对不起，我只是怕伤害你。现在才明白，我的逃避才是对你的伤害。”

这时，火车进站了，我松开手，准备去提脚边的铺盖，她紧紧地抱着我，哭着说：“你先不要走好不好，我不让你走。”老哲在一边着急地说：“你这个丫头赶快放手，让他把我的东西放上车，你们怎么亲热我都不管，火车可快开了。”她惊讶地仰头问我：“怎么？今天不是你走吗？”我微微笑着说：“我什么时候说我今天要走了？”

送走了老哲，走在回学校的路上，她一边走一边轻轻地踢着我：“这下是你不告诉我真相而欠我的，这下是因为的士司机怕我耽误了送你而闯了红灯，这下是因为你这个懦夫居然让我先说出来…”

月台广播
那一天，听说你要走，我们什么话也没有说……
正在检票
你这个胆小鬼，为什么走之前都不告诉我？
气喘吁吁
??!!
??!!
你为什么不先表白！你为什么宁愿跟这个胖子走，也不愿意和我在一起！
囧…………
火车冒烟
你们俩回学校再表白去！不要耽误我上火车！他只是来帮我搬东西的。
……
……
大怒

Chapter.2

姑奶奶，你就饶了我吧

我的女友会急救

当学校门外的居委会大规模地号召下岗职工再就业的时候，我丝毫没有发现靠在我温暖臂弯里的女朋友小诺的两只眼睛正在放射光芒，事实证明，我要为自己的粗心付出代价。

我坐在网吧里，兴高采烈地和几个朋友玩 CS。我手提一把小手枪冲在队伍的最前方，并且还故作幽默地在屏幕下方打上一行字："wo shi tuan yuan，follow me!"我的朋友都没有笑，这是不好的征兆。果然，小诺正站在我的身后瞪着我，冷笑着说："我是党员，follow me！"然后她转身向门外走去。我马上跳起来跟着她跑了出去，当网吧的收银小姐企图拦截我的时候，我把手向朋友的机器一指，顺口说："算那人账上，再给我拿包软中华。"

我出来后，看到小诺正坐在草地上等我，我知道她一定被很重要的事情烦心，因为她一有心事的时候就喜欢拔一些东西。上次她考虑要不要买一件大衣的时候，把我送给她的毛毛熊拔成了脱毛鸡，而她现在正在拼命地拔地上的小草。我在离她两米处坐了下来，这是安全距离，我怕她会一时性起要求拔我的头发。随着她旁边的小草越拔越少，她终于说话了："我决定报一个学习班，多学门本事，以免以后下岗找不到工作。"我被小诺的高瞻远瞩高屋建瓴感动得眼睛都湿润了。多懂事的女孩啊，还没有毕业就想着下岗了怎么办！我举起书包，一副董存瑞托着炸药包大无畏的表情说："我支持你！"她用深情的双眸盯着我温柔地说："你一定要支持我，好不好？"面对她少有的温柔，我有种预感，不祥的预感……

她对我说：“咱们学校医学系贴出海报，说要开办一个急救学习班，我想参加，你当我的病人好吗？”当时，我只想抽自己两耳光，以前总是把江姐当作榜样的我怎么这么经不起温柔炮弹的袭击？幸好她这次是急救学习班，如果是解剖学习班的话，那么我会被开多少次膛啊。不过有句话我一直不敢说：“你一个学生物工程的学急救有什么用？难道你想自己配了农药让我喝，然后再救我？把我玩得死去活来有什么好处？”

她去参加急救学习班的第一天晚上，打电话叫我一起吃饭。我马上跟医学院的一个哥们联系，确定他们今天没有教授解毒或者解剖之类的功课才敢跑出去和小诺见面。我们刚在一个小饭馆坐下，她就迫不及待地说：“今天老师问，如果你 5 岁的弟弟把房间的钥匙吞到肚子里了该怎么办？”我想了想说：“我会从窗户爬进去！”她摇摇头说：“不对不对，吃完饭我教你吧！”然后她就开始埋头吃饭。我含情脉脉地看着她吃饭，对自己的面条一根也不动。小诺迷惘地问我怎么不吃，我只是笑笑，没有说话，心里却异常得意：“你刚才说吃完饭教我，肯定是拿我当实验品，指不定你会在面条里给我放什么钥匙啊、硬币啊或者钉子啊、扣子啊之类的东西。我才不吃呢。”

她刚吃完饭，马上站在我的身后，用双臂抱着腰部，一手握拳，拳头的拇指侧顶在我的腹部，另一手握住握拳的手，向上、向后猛烈挤压我的上腹部。经过几个回合，我把之前吃的红烧猪蹄全吐了出来。她得意洋洋地拍着手说：“大功告成，还挺管用的！”我有气无力地说：“本来好好的，被你整得都要住医院了。”

第二天，我正在打游戏，小诺打电话过来，兴高采烈地说：“你有时间吗？快点出来啊！”因为冥冥中有点儿不祥的感觉，我决定对她说一个谎话："我现在正在图书馆看急救方面的书，我想和你一起进步，所以今天晚上你就自己在宿舍复习一下功课吧！"她失望地挂了电话。事后我知道他们当天学的是"普通烧伤烫伤急救"，我长出了一口气，终于明白了"虎口脱险"是什么样的感觉了。

我永远不会忘记那天，枉费我那么爱她，她却残忍地伤害了我，给我精神和肉体上带来很大的痛苦。那是在自习室，头顶的日光灯在一闪一闪，学物理的我一眼就看出是接触不良的缘故。我站在桌子上准备把灯取下来，小诺站在下面，一脸关心地看着我。天有不测风云，这时毫无征兆地从窗外刮进一阵冷风。穿着单薄衣服的我忍不住打了一个冷战，丝毫没有预料到危险开始向我逼近。小诺一看到我身子抖了一下，就运用自己完善的急救知识判断我触电了，抡起教室里的长板凳就给了我一下子。

那一条板凳成功地把我从桌子上击落了下来。我躺在地上闭着眼睛，只觉得全身的骨头都在疼。小诺蹲在我的旁边，用手熟练地翻了翻我的左眼皮，说："瞳孔缩小。"又翻了翻我的右眼皮，说："这家伙眼睛真小。"她摇着我说："醒醒啊，醒醒啊。"我不理睬她，因为电视上说，遇到这种情况，女主角一般都会俯下身子做人工呼吸。我等待着她红润的双唇接触我的刹那。忽然，我听到她自言自语说："我到哪儿去找根电线给他来个电击刺激呢？"我马上跳起来，大喊："我没事，我没事。"

在小诺专心学习急救的同时，我也关心着急救班的进程，因为我要对自己的生命负责，只有知己知彼，才能百战不殆。陪练不是那么好当的，在一个外面飘着雪花的晚上，她对我说："我们今天学的是如何治疗中暑的病人，你来装装中暑吧。"我查了查书，中暑的症状是“皮肤干热发红，头痛作呕兼口干，呼吸浅速，小便量少”，前三个症状我都可以装出来，但是关于小便那个症状，作为业余演员的我就无能为力了。我装作昏倒在床上，她拿着自己的笔记本开始一边念一边做。

“把患者移到清凉的地方。”小诺把我从床上拖到了地上。

“给他降温。可以脱去患者一些衣物，用湿毛巾或冰给他抹身、扇凉等。”小诺脱去我的外套，还拿着课本给我扇风。我不停打冷战，可惜这不是中暑的症状，她装作视而不见。

“若患者清醒，可以给他饮一些清水，同时可用藿香正气水、清凉油、十滴水、人丹等解暑。”她托起我的脑袋，喂我喝水，我敢保证喝的绝对是自来水管的凉水。当我正在估计是不是这些事情做完中暑患者也差不多好了的时候，小诺用不大的声音念叨着：“如果还昏迷不醒的话，用针刺人中、十宜穴。”我蹦了起来，喊道：“哎呀，小诺你真是当今华佗啊，我全好了。”

我以前还没有看过她如此认真地学习医学常识，例如在吃饭的时候，面对一盘猪大肠，她会歪着脑袋背诵：“猪大肠的病菌主要会隐藏在肠绒毛上皮和肠系膜淋巴结，容易引起痢疾等疾病。”面对一盘辣子鸡丁，她会说：“现在越南等地方都爆发了禽流感，要小心高致病性禽流感可能引发的人和人之间的传染。”我在这时插嘴说：“如果你发现我可能得禽流感的话，你会离开我吗？你会怎么救我？”她看了我两眼，严肃地说：“我会拨打120报告给政府，隔离你！”“那么你会离开我吗？”我可怜巴巴地问。她微微一笑说：“会的，因为你要被隔离了！”

小诺快要从急救学习班毕业了。考试前一天晚上，她命令我问她一些问题来巩固知识结构。我马上问：“如果你走在路上，腿忽然骨折了怎么办？”她想了想说：“我先看看有没有流血，如果流血的话先止血，然后找两个木板把伤腿先固定起来，用绷带缠起来。我说的对吗？”我失望地摇了摇头说：“不好意思，你忘记拨打 120 急救电话了，再说你一个骨折患者难道还要爬到树上去找木板？”我接着又问：“如果你在浴池忽然看到一个老大爷昏倒了，你第一步会怎么做？”她信心百倍地说：“先开窗户，然后把老大爷挪到通风条件好的地方。”我狡猾地一笑，慢慢说：“你应该先看看自己是不是闯进男澡堂了！”她放下课本，追着我暴打。

我最后也不知道她到底有没有考试过关，因为考试过后她好像忘记了自己曾经上过急救学习班一样，看到我刮胡子刮出的伤口依然吓得哇哇大叫。只是她还是没有放弃自己对未来的长远规划，又拿着外语学院招收阿拉伯语学员的广告来动员我和她一起学习，并且用嗲得发颤的声音说：“我们去报这个学习班吧，等以后我们要是下岗了，还可以去阿富汗再就业！”

我的长今女友

以前，我最怕听到的三个字是“快还钱”，小诺最想听到的三个字是“我爱你”，现在，我们终于找到了共同语言，我最怕听到的三个字和她最想听到的三个字都是“大长今”。

《大长今》是曾经在各个电视台热播的韩国电视连续剧，看了之后才知道了什么叫做真正的电视连续剧，小诺已经每天晚上端坐在电视机前一个月，只为了等待这又大又长的《大长今》，她甚至连其中插播的最无聊的广告都看得津津有味。

此剧开播后，我急剧发现自己的生活水平和家庭地位一落千丈。以往晚上小诺总会亲自下厨做一顿四菜一汤，然后温柔地走到我身边说："饭已 OK，过去米西吧。"那时我还不知满足地挑剔饭菜不好吃。但是当《大长今》开播后，她一下班就端坐在电视前，呼唤小工似的喊："去，煮点儿泡面去，你煮完面赶紧过来看电视里的韩国美食，就想象我们正在吃韩国料理。"陪她看完《大长今》之后，我发现我的想象力得到了飞速提升，可以啃着一块咸菜想象着自己正在撕咬着一块韩国烤肉。

看了《大长今》后，小诺有了显著的改变。虽然《大长今》被称为宫廷励志片，但是她并没有如我想象的那样开始头悬门梁锥刺股地工作和学习，而是每天晚上盘坐在沙发上，目不转睛地看着电视，手捧一大袋薯片。这种状态直到《大长今》播完后都未能改变，原来看电视也能产生惯性，在《大长今》播出期间，我们家为中国的方便面和薯片事业做出了不可磨灭的贡献。

小诺在看《大长今》之前，完全是个贤妻良母的标准升级版，和我说话声音永远不会超过 40 分贝，但是当她看完电视剧以后，总会举起一个布娃娃效仿炸碉堡的董存瑞的样子喊道："起来起来起来，不愿做饭的女人们！"还有，她总是用一副政治思想工作者的口吻说："你看看人家小长今，8 岁入宫，到最后登上了最高尚宫的位置，多有毅力，你也要努力了！"我不屑一顾地说："韩国宫殿的最高尚宫不就相当于厨师头吗？让我 8 岁进入一个饭店，长大后我也能当厨师头。"说完我被小诺暴打，原因是"太俗，没追求"，刚才不是她让我学学长今吗？

《大长今》中的韩国美食虽然看起来极其好吃，色香味俱全，但是在做法上却无法摆脱凉拌、冷拼、烧烤等做法。小诺发誓要学习做里面的韩国菜，她命令我站在电视的前面，随时拿笔记录下长今的做饭过程，包括原料。我经常左手拿放大镜，右手拿一本子，仔细研究韩国饮食文化，并且写成观察日记供她参考。一天后，她端出了一盘仿制品。当天晚上，我蜷缩在了客厅的沙发上。其实我只是看了一眼，无意说了一句："咱家新买的狗粮？这么难看，恐怕小丸子（家里养的京巴）都不会吃。"当然，如果只有这句话，我还不必睡沙发，但是她逼问我是不是很好吃时，我并没有跳起来大声喊："太美味了！"之后，我和小丸子当天晚上换了一下窝。

工欲善其事，必先利其器。当小诺看了电视里那些韩国宫廷高手飞快地切菜之后，盲目地把自己切菜缓慢的原因归咎于家中所用菜刀不顺手。我给她举了当年八路军小米加步枪同样也能打跑日本鬼子的事例，来证明成功与否重点在人而不在所用的武器。小诺没有说话，只是拿出了一个铁板和一个塑料板，用同样大的力气打在我的屁股上，笑吟吟地问："哪个比较疼？"我决定陪她去买菜刀。

在买厨具的地方，她来来回回地反复挑拣，嘴里不停地说："怎么没有长今用的那种？怎么没有长今用的那种？"并且手里提着菜刀，一直摇着头说"不好，太轻"、"不好，不锋利"、"不好，太沉"。厨具店的老板悄悄地问我说："长今是谁？是不是拿菜刀抢劫银行了？"最后她挑了一把最像电视里长今用的菜刀回家。为了验证自己切菜不快是因为菜刀的缘故，所以她大幅提高自己的切菜速度，最后手指被割了三次。血流得不多，幸好买到的是假货，并不像店老板说的那么削铁如泥。

电视剧里有一个场景是长今率领一群小宫女在缸里腌上萝卜，埋到土里。小诺特别听话地跟着电视学习，拿出家里存放了很久的一个青瓷花瓶，在里面腌上萝卜。本来只是糟蹋一下瓷器也就算了，她居然还在晚上大家都睡觉的时候偷偷地把花瓶埋在了小区的绿地里。只过了两天，就听到有个小男孩站在绿地里喊：“妈妈，妈妈，快来看啊！地里长的有萝卜。”过了一分钟，他又大喊大叫起来：“地里长的萝卜还是腌好的！”

以前，我不晓得爱房屋为什么要连房子里的乌鸦都要喜欢，但是看了《大长今》以后，小诺甚至喜欢上了长今穿的那些韩国服饰，每天对我唠叨说那些衣服是多么好看，并且不止一次地威胁说她要拿我的领带来当韩国妇女衣服上的蝴蝶结。最后我无法忍受唠叨，把她带到了孕妇专卖店，指着一件孕妇装说：“你看这衣服比较像韩国衣服吧？要不咱买一件？”这时正好遇到逛街的岳父岳母，当时他们两个人看着我们俩，目光中满是震惊。回去之后我被小诺暴揍一顿，没敢还手。

小诺每次都把看这部电视当作对我的一个激励和学习的机会，随时都会问我：“感觉怎么样？”我每次都会老老实实地回答：“饿！”最近替一个饭店做策划的时候，我明显受到了小诺的影响，给饭店出的主意是拍一部中国的《大长今》，主角就是他们饭店的大厨，用一百集电视连续剧来讲述他如何从一个只会爬树偷桃子的乡下孩子成为一个星级饭店的大厨。因为张大厨长得五大三粗，肥头大耳，所以在宣传上要注意和《大长今》区别开，不写是青春偶像出演的励志剧，而写成由实力派演员联手打造的中文大戏，名字就叫《大胖厨》。

爱一个人是不需要什么理由的，但是爱一部电视剧是可以有很多种方法的，例如我的长今小诺就每天逼我高唱《大长今》里的主题曲。我爱我的长今小诺，所以我每天都在唱：“不打了，不打了，啊不打，啊打了，啊打了，啊猪可打，打得你，大油肚，糊涂打你。啊弟弟，啊弟弟，阿弟哭呆了还打呀，打依呀，打呀打呀——弟都——弟都哭她了——打——都打。”唱得快的话别人只会钦佩我的唱功了得，连一向对我挑剔的小诺都会夸我虽然唱《两只老虎》都跑调，但是唱韩国歌曲还是有一定实力的。

今天她正在看《大长今》的时候，忽然激发起做菜的欲望，竟然深更半夜，打开煤气开始炒菜。做完后她把美梦中的我晃醒，硬逼着我吃下一顿本来不在计划中的夜宵。为了不让她失望，我用吃了摇头丸一样的声音兴奋地大喊：“看了《大长今》，吃饭就是香！”

奋斗

出差三个月归来，突然觉得家中变了个模样，墙上的暖气管道上拴了两根粗粗的绳子，下面吊着一个破轮胎。我大吃一惊，急忙喊着女友小诺的名字，她一脸黑灰地从沙发后面钻出来，冲着我“嘿嘿”傻笑一下。我顿时心酸溢满心间，颤巍巍地说：“燕儿啊，怎么我离开三个月，你就整成这样了？你工作的会计事务所再怎么轮岗也不能让你下井挖煤啊。”她白了我一眼，正色地说：“从现在起，我将是一个独立自主的女性。你看，我已经连续两天晚上没有给你打电话让你哄我睡觉了。”

我也正了正衣领，严肃地说：“小诺同志，我郑重地通知你，你的手机已经被停机两天了，否则我也不会这么急匆匆地赶回来。”紧接着她从独立自主的樱桃小口中吐出了任贤齐名歌《依靠》中的一个字送给了某家通信运营商。我指了指墙边挂的破轮胎，疑惑地问：“这是什么意思？你现在大半夜不睡觉都改成卸人家轮胎玩了？”她白了我一眼，不耐烦地说：“这是我自己做的秋千。”

一瞬间，我心中的一个美好场景顿时成了碎片。上大学的时候，纯洁的我在想象第一次见到心仪的女孩时，她应该是秀发披肩，穿着洁白的连衣裙，头上戴着绿色的橄榄枝花环，坐在一个秋千上荡来荡去，旁边绿草茵茵，凉风习习。当很多年后我把这个场景描述给小诺听时，她特温柔地靠在我的胸前，小声地说：“你那梦中情人再加上俩翅膀，你就是牛郎她就是织女了。”但是回到现实，我仍然不能把这个破轮胎和秋千相提并论。我小心翼翼地坐上去，脚刚刚离地，轮胎就失去平衡带着我直奔白墙而去。然后只听“咚”的一声巨响，隔壁传来邻居的咆哮声：“素质，注意你的素质！”居然还是《疯狂的石头》中道哥的腔调。

我对小诺不耻下问道：“那你是怎么玩的？”她什么也没有说，只是撩开自己的刘海，我赫然看到她脑门上的一块红色擦伤。正在我准备质问的时候，她说了一句话就堵住了我的嘴：“两个人在一起不是要一起承担痛苦吗？我头上很痛，你怎么安慰我都是痛的，所以倒不如一起来痛。”我吃惊地看着她，这还是大学里那个在小路上派兄弟跟踪她，她一下就迎面扑进我怀抱里压根不用玩英雄救美的小诺吗？我指着沙发好奇地问：“你刚才在那里干什么？”她昂起骄傲的小脑袋说：“我要把咱们的沙发改造成按摩椅。”那一刻，我觉得一片眩晕，以前我一直以为她是个两位数加法靠心算，三位数加法就要靠计算器的蹩脚会计师，现在才发现身边原来隐藏着一个活鲁班。就在我思考的时候，小诺拿着一个橘子走到我面前低着头说：“吃橘子吗？吃，我就把橘子皮剥了；不吃，我把你人剥了！”

第二天，我就迫不及待地打电话约她的死党陈琳在麦当劳见面。一身时尚打扮的陈琳皱着眉头看着我说："为什么不约在酒吧见面呢？那里才有情调嘛。"我讪讪一笑："陈琳，麦当劳见面不是不花钱吗？再说这里也有音乐，环境也不错。"她撇了撇嘴，纠正道："以后记得要叫我的英文名Linda。""成成成，只要你告诉我小诺为什么变成现在这样，别说叫你林大，就是让我叫你北大都可以。"

离开麦当劳后，我破天荒地在天桥上照顾了一个长相气宇轩昂的卖盗版碟小贩的生意，买了张电视剧《奋斗》的影碟。我想起刚才林大听说我没看过《奋斗》时的满脸鄙夷，顿时决定要恶补一番。周末我蜷缩在办公室的角落里，专心地看着这部传说得神乎其神的电视剧。当领导远远地看到偌大的办公区只有我一个人时，感动得热泪盈眶，握着我的手说："小心我房间里的笔记本。"

在公司连续看了一天一夜，中间叫了四次盒饭，上了六次卫生间，我终于把这部电视剧突击看完。看着笔记本上记下的经典台词，我立志要让小诺也享受到《奋斗》里的那种生活。

回到家中，我就把小诺拉到身边说："亲爱的，我知道你弄那个秋千就是想仿照他们的那个心碎乌托邦，但是咱们要有情商，更要有智商。电视剧里那厂房足有上千平方米，咱们屋才34平方米，这差距也忒大了点。这样好不好，咱们先从精神生活中改造自己，让生活变得像电视剧里一样多姿多彩。"她感动地看着我，我心疼地看着沙发后面被她挖开的大洞。我将一个银光闪闪的哨子挂在了她的胸前，深情地说："以后有事，你吹哨，我保证随吹随到。"

之后的两天，我为自己的浪漫付出了代价，哨声犹如一把利剑高悬在我的脑门之上。并且她居然还触类旁通地规定一声短哨响是帮她拿筷子，两声短哨响是卫生间里没纸了，而两短一长则是马上准备做饭等。有了这些规定之后，我觉得自己的听觉变得异常敏捷，一听到哨声就会马上以鹞子翻身或者鲤鱼打挺或者懒驴打滚的姿态跳起来，冲到小诺面前。以至于某日下楼买菜，我听到左边邻居跟一大妈在闲聊，谈起我们居然说“那小俩口以前肯定是当兵的，要不怎么每天都有行军哨呢？搞得我每天清早都想找个小喇叭吹吹集结号了”。不过最离谱的是公司举行足球比赛，当裁判吹响两短一长终场结束哨后，正好走到裁判身前的我顺口说了句：“今天中午想吃点什么？”事后我被投诉明目张胆贿赂裁判。

深夜，当我醒来的时候，突然发现小诺正一个人对着镜子喃喃自语。我竖起耳朵倾听，顿时冷汗涟涟。“这都几点了，你怎么还不困呢？是不是因为门前冷落车马稀，就有点耐不住寂寞了？是不是微微心里痒痒，就有点想把那颗小红杏儿，往墙外伸呀？我告诉你，错错错！记住你是已婚妇女，你有证，国家发的铁证，你已经不是小姑娘了，收着点儿，收着点儿，听见没有？好男人是好男人，你是你，你已经是大人了……”

那一刻，我觉得自己脑袋里天昏地转，觉得人心阴险前程渺茫，顿时产生了去某名山大川落发为僧或削发为尼的想法，实在不济就落草为寇。毕竟，谁能想到从大学到如今谈了四年恋爱的女友居然已经是有证一族了，并且不是四级证普通话证学位证毕业证，而是大红皮工本费九元的结婚证！就在我准备一跃而起用武松当年质问潘金莲的语气提问时，她突然幽幽一声长叹：“这《奋斗》的台词写得真是太妙了。”我的心跳顿时从180骤降120，继续装沉睡。

没过两天，当小诺知道我也看过《奋斗》之后，就把对我的改造搬到了桌面上。她直接强制性规定我每天清晨上班时必须对着镜子大声背一遍向南的经典台词：“我没病没灾，我父母双全，我有车有房，我媳妇疼我，我挣钱养家，我过得不错，我还活着，我以后会更好，我行，我行，我行行行！”开始，要等我背完，她才肯睡回笼觉。一个星期之后，无论我何时何地说到这句话，她都会开始昏昏欲睡。

某天，电视里重放《奋斗》，杨晓芸的手机掉进了公共厕所里，然后拉向南进来捞，向南很难受。杨晓芸大吼一声：“废话，你见哪个茅坑里有纯净水啊！”当看到这个情节时，小诺顿时眼放亮光，我就心中大叫不好。果然第二天，她突然在卫生间大叫我过去，指着马桶说：“不好了，你的剃须刀掉马桶里了！”她惊慌的表情中不免泄露出少许得色，我大吼一声：“人家电视上掉进去的是自己的手机，你舍不得扔自己手机，也不能扔我剃须刀啊！随便扔本杂志什么的意思一下不就可以了？”

幽暗的灯光下，悠扬的周杰伦背景音乐中，我捧出插满蜡烛的生日蛋糕，深情地说：“小诺，从现在起，我就是你的钱包，就是你生活舒适的工具。为了你的幸福，我时刻准备着。”小诺也一脸感动，但是仍然配合我，用《奋斗》里的台词回应我说：“我想跟你好，谁也拦不了；我想跟你处，谁也挡不住！”

就在我俩含情脉脉对望数眼之后，她突然大喝一声：“混蛋，我今年 25，谁让你插 27 根蜡烛的！”我怯怯地说：“正好多了两根，不用怪可惜的！”她恶狠狠地将我推出门外。在我敲门多次无效的情况下，不得不到死党胖子家借住一宿。就在我原原本本地向胖子讲述从我出差回来发生的一系列的事情时，胖子突然大叫一声跳起来：“你们的那个秋千太有创意了！让你老婆也帮我做一个吧！”我顿时觉得自己的脑细胞正在急剧减少，上下打量着胖子180斤的体形，我善意地提醒：“我们家用的是夏利的轮胎，比较好找，你这体形至少也要用个东风五十铃的轮胎啊。胖子，咱大老爷们还是别玩秋千了。”

胖子丝毫不理睬我的苦口婆心，而是眼放金光地说：“我早想锻炼我们家黑皮一点儿特殊技能，有了这个轮胎，我就能锻炼它钻圈。”激动的胖子拍着脚边正在亮着肚皮睡觉的大胖狗，亲昵地说：“黑皮，你要努力奋斗啊！你要减肥！我能看到你减肥成功，我也同样会有成就感！”

当女友的军训教官

一日，多年未见的一老同学突然来访，我们两人畅谈当年的点点滴滴，特别提到了当年军训时发生的事情。把他送走后，女友小诺突然用小心翼翼的口气对我说：“你们当年军训真的那么有意思吗？”我没想那么多，顺口就说：“那当然，没经历过军训的生命是残缺的。”她脸色黯淡下去，还特幽怨地长叹一声，拉着我的手说：“亲爱的，我没参加过军训，我的生命是残缺的。”我正准备说一些诸如“残缺就是美”、“距离产生美”、“不当陈世美”之类的话时，她突然做恍然大悟状，兴奋地对我说：“虽然我大学时期没有参加军训，但是你现在可以一对一特训我！”

我承认自己也对这个疯狂的计划产生了兴趣，毕竟可以名正言顺地为她删掉我的那些游戏人物报仇。第二天清晨5点半，我强忍着瞌睡坐了起来，拿起小哨子在她耳朵边吹出尖锐的声音，她吓得马上跳了起来。我很满意地看着她说：“反应还可以，这是第一次紧急集合，你先习惯一下，以后半夜我会不定时叫你集合的！”她勃然大怒：“你找死啊！”我毫不客气地纠正她说：“从今天开始，请你叫我教官！”

我带着她下楼，站在小区的绿地边，一脸严肃地对她说：“你围着绿地跑十圈，注意均速跑，我在这里看着你。”她斜着眼睛似笑非笑地看着我，我只得接着说：“好吧好吧，我陪着你跑。”快跑到小菜场附近时，我突然停下说：“小诺，我们要换一种当兵的经常用的跑步方式。”她好奇地看着我说：“什么方式？”我眼睛看着小菜场说：“负重跑！”当我们俩从里面出来的时候，一人怀里抱着一个大西瓜。就在我们抱着西瓜气喘吁吁地开始小跑时，一个四五岁大的小女孩眨着忽闪忽闪的大眼睛看着我们说：“叔叔，叔叔，这是你们偷的西瓜吗？”

回到家，放下西瓜，我指了指墙角说：“先站在那里，我开始教你基本的军训知识了。第一步就是站军姿，有几大要领……”还没等我回忆起来具体的要领，她就摆摆手说：“不好玩，接下来是什么？”我故作神秘地说：“接下来这个科目很难，当年我们 70% 的时间就花在这个上面。那就是队列练习，其中包括起步走、正步走等。”小诺突然笑了，我大声说：“严肃点儿，下次要先打报告才能笑！”

“报告教官。”“什么事？”“本次参训人员就我一个，是不是无法练习队列？连向右看齐都练不成。”小诺的话如凉水一般把我浇了个透心凉。我挥挥手说：“那下午再学习新的科目，准备吃饭。”当我炒好土豆丝和番茄炒蛋端出来的时候，小诺不满地说：“怎么这么简单？”我语重心长地说：“当兵的生活苦着呢，要忍耐。”她撇撇嘴，扔给我一本杂志：“少骗我，你看看人家空军飞行员都吃什么？我要求同等待遇。”一个连摩天轮都不敢上的人居然还敢要求和空军飞行员同等待遇？

吃完饭，我指着被子说：“下面我们需要学习的是整理内务，首先是把被子叠成豆腐块，我给你20分钟的时间。”过了一会儿，小诺跑过来一脸骄傲地说：“我叠好了！”当我检查的时候，才深刻地理解了当年教官欲撞墙的心情。只见小诺的作品虽然可以称为豆腐块，但是里面塞的两本方方正正的英汉词典离老远都能看到，并且在我里面还找到了三盒烟和一个小音响。我拍着脑门说：“是不是家里所有方形的东西都被你塞到被子里去了？”小诺一脸不悦地说：“你说我叠的不好，那你叠一个豆腐块给我看看。”

我按照当年的老方法，拿一杯水，朝被子上一喷，然后三下五除二就叠出了一个豆腐块来，扭头对小诺说：“怎么样？”她表情震惊，敬佩地说：“真的很像豆腐块，但是这晚上怎么盖啊？你缺心眼啊！”我大声说：“豆腐块，从来都是给人看的，当年军训，我叠好一次，半个月都没有盖被子！”小诺一脸崇拜状：“对了，教官，我最喜欢看电视上那些兵哥哥匍匐前进的样子，你能教教我，给我示范一下吗？”我二话不说，马上在地上从卧室匍匐前进到客厅。她站在书房门口，拍着手说：“姿势真帅，你到这屋里也来一下吧。”我从地上跳了起来，大声说：“小诺！你居然敢把教官当拖把用！”

有朋友是野战爱好者，我特意跑去借了一把打BB弹的仿真枪。小诺看到后马上爱不释手，端着枪用瞄准镜满屋子转悠，似乎在找什么东西。当我说出自己的疑惑时，她豪气十足地说：“以前咱家的蟑螂哪里去了？看我不崩死他们。”她沉迷于距离五米之外打一片白菜叶子的游戏之中，连我叫她一起去买菜都置若罔闻，我只得一个人出去。

当我从超市归来走到楼下的时候，突然感觉到空气中有缕缕杀气在弥漫，一种不祥的预感笼罩在心头。我猛地一抬头，就看到二楼我们家的窗帘后面伸出一个长长的枪管，然后就看到我手中提的酸奶顺着一个小孔“飞流直下三千尺”。我愤怒地冲着小诺大声喊：“皇军，是我，别开枪！”

一天清晨，当我睡得正香的时候，突然急促的哨声在我耳边响起。我吓得马上跳了起来，只见小诺手里拿着哨子，不好意思地说：“我怕你忘记紧急集合，所以反正我也睡不着，索性把你也叫起来吧。”就在我准备发火的时候，小诺看着哨子低声说：“不知道在这个哨子口抹上辣椒油或者 502 胶水会是什么感觉？看你还敢不敢大清早不听话，扰我清梦。”我马上平息怒火，努力做出和颜悦色的表情。

自从借来仿真枪之后，家里顿时变得千疮百孔，小到吃到嘴里的饺子，大到阳台上的仙人掌，似乎处处都有 BB 弹的身影。我完全被小诺征服，最后只得答应她周末带她去和朋友们一起打真人 CS。

到了周日，一身戎装的她真的有些英勇女兵的风采，并且她还主动要求担当起狙击手的重任。鉴于她曾经在楼上打破酸奶袋子的英勇事迹，我们把她分配在一个灌木丛中当狙击手。最后的结果出乎所有人意料，潜伏在灌木丛中的小诺居然在我们的喊杀声、奔跑声中睡着了，最后被对手们微笑着包围并且缴了械。

在回去的公交车上，小诺还为自己的表现不佳而耿耿于怀，我安慰她说：“亲爱的，别想了，这不过就是个游戏。”小诺突然一拍脑袋，对我说：“我明白了，我压根不是当士兵的料，我这样的人，应该当教官的。既然我学不会，那么你就要帮我完成这些任务。从今天开始，我就是你的教官，我们实行军事化管理，我要对你进行特训。”

清晨的小区里，当一个男孩背着一个女孩“负重跑”的时候，女孩嘴里唱着甜美的歌：“12341234 像首歌，绿色军营绿色军营教会我……”

老婆中了《士兵突击》的毒

今天已经是第七个哥们向我疯狂推荐电视连续剧《士兵突击》了，光头甚至神秘地对我说：“你一定要看，保证比你初中时偷偷看《生理卫生》课本还刺激。”他走后，我看着他的背影发了两分钟的呆，因为他忽然让我想起了立交桥下那些鬼鬼祟祟卖盗版碟、刻章办证的人。

虽然他们勾起了我对《士兵突击》的满腔热情，但是我一想起家里那仅有的一台电视机和每天晚上端坐在电视机前看韩剧的女友小诺，就感到头皮一阵发麻。记得当初热播《大长今》的时候，有天晚上为了看一场欧洲冠军杯比赛，我偷偷地换了下台，然后就听到背后传来锐物破空之声。我一回头，就用自己的脸丈量了她的棉拖鞋尺码。

不过，聪明的我经过调研找到了应对之策，因为剧中主角许三多竟然是河南人，也就是我的老乡。晚上，我一脸严肃地坐在小诺旁边，语调深沉地说：“小诺，你上次不是说我们俩之间没有默契吗？恋人之间这个问题确实很严重，但是现在有个好办法。”她果然被我念悼词一般的声音唬住了，表情慌张地说：“什么办法？你快说！”

我把电视调到了正在播放《士兵突击》的频道，真诚地说：“我和剧中的男主角都是河南人，所以我们的一些生活经历还是很相像的，你看看这个电视剧就能更了解我。”她还没来得及表示反对就被剧情吸引住了。我还正在为自己的计策自鸣得意的时候，突然发现电视里正在放许三多参军前他爸爸一边喊着“龟儿子”一边拿皮带抽他的情节。小诺用一种从来没有过的慈爱和心疼盯着我，当把我看到心跳每分钟180的时候，她才说出一句差点让我吐血的话：“我终于知道你小名了。”

欺骗别人就要付出代价。第二天我和小诺约定在超市门前见面，就在我焦急地等待的时候，突然看到她下了公交，然后挥着手跑过来。离我还有五米远的时候，她突然大喝一声：“龟儿子，对不起，我迟到了！”一瞬间，超市门口卖糖葫芦的、卖烤红薯的、行人纷纷对我侧目并指指点点。当时我的第一反应竟然是扭头就跑，不过被手疾眼快的她一把拽住了臂弯。她横眉冷对，并且质问道：“见到我为什么要跑？”

我还没有找到搪塞的借口，她忽然脸色多云转晴，用《妈妈再爱我一次》里的表情盯着我，然后突然冒出一句：“我知道你已经成条件反射才跑的，放心，我不会拿皮带抽你。”周围几个人都被她的话吸引了，脸上的表情无不表现了他们对家庭暴力的关注和看热闹的无比好奇心。

但是为了能让小诺耐下性子看《士兵突击》，我决定接受这个屈辱的名字。不过作为一个本科生，她也知道一个淑女是不能喊“龟儿子”的，所以她义正词严地对我说：“从今以后，我把你简称为‘龟儿’，为了体现我们的爱情，你也在我的名字后加一个‘儿’。”我在心中默默一念就恍然大悟，原来她一改名就成了“小诺儿”，更加可爱，而我依然跟“龟”有着难解的缘分。

在看了两集之后，小诺也被这部完全军旅题材的电视剧所吸引，并且每一集里面都会有一些经典台词让她记忆深刻，动不动就会被用在生活中。例如某天当许三多无法入睡，班长劝他数羊的时候，许三多却开始数“一辆坦克车，两辆坦克车……”来展示自己装甲兵的风采。而当天晚上小诺也在嘴里念念有词：“一袋方便面，两袋方便面……”最后她顺利地进入梦乡，而我却圆睁着双眼盯着天花板，脑海里一碗碗热腾腾的方便面飘来飘去。

许三多、伍六一还有成才等人为了能加入到老A特种部队参加残酷的考验，几个人只带了一小份军粮。在潜伏期间，几个人抓到了一只田鼠，经过强烈的思想斗争，许三多几人拿刀把田鼠肉割成一小条一小条的，强忍住恶心扔进嘴里。小诺看到这里的时候，一边捂着嘴巴表示反胃，但是两只眼睛放射出的明亮光芒让我不寒而栗。小诺靠着我的肩膀说：“看看人家，在艰苦的环境下连老鼠都能吃，以后我们也要克服一切困难，勤俭节约。”我点头称是。那天的晚饭是面条，当我看着把碗端到我的面前、一脸笑意鬼鬼祟祟的小诺，顿时感到背上一阵阵发麻。当我吃到一半的时候，突然发现碗里面有一暗红色的肉条。那一刻，《士兵突击》里吃田鼠的镜头，日军731细菌部队的鼠疫炸弹，甚至连唐老鸭米老鼠我都想到了。当我探头望向小诺的碗里时，发现她的碗里居然只有两片菜叶。我颤巍巍地指着她的鼻子说不出话来，她竟然笑眯眯地看着我：“是不是感动得都快哭了？我把咱们家唯一的一条牛肉干扔你的碗里了。”我马上换上一副感激涕零的表情说：“你真好，我把它割开，咱们俩有福同享，一人一半吧。”看着她奋力地嚼着肉条，我这才放下心来。

过了几天，作为小学老师的小诺回来就长吁短叹，怪我不该让她看《士兵突击》。我好奇地问她为什么，她向我讲述了今天发生的一件事情。当小诺问班上的一个小男孩为什么去踢球而没有完成作业时，小男孩说要锻炼身体。小诺接着问为什么要锻炼身体，小男孩说为了建设祖国。这时小诺想起了士兵突击里特种部队大队长袁朗的话，顺口就说："扣十分。理由？过于天真，这次测试不及格。"她这么一句话就把小男孩吓哭了。

把《士兵突击》看完之后，小诺就好像中毒了一样，总是将里面的经典台词挂在嘴边，例如在睡觉前总要说"苦不苦？想想红军两万五；累不累？洗洗回屋上床睡"。每天清晨起来见到朝阳，则意气风发地感叹道："我就像只猴子，整天对着太阳活蹦乱跳，还以为自己天天向上呢！"当然，最离谱的事情是当我的新领导来家里做客，我笑着说："领导您能力太强了，两年时间就提拔到现在的位置了，真强！"领导笑着还没说话，小诺就在旁边说了一句经典台词："进步快？那是因为起点低。"刹那间，领导脸色突变，我赶紧圆场说："领导最喜欢打麻将了，我们搓麻吧。"小诺又马上说："我不搓麻，搓麻没意义。"

送走了阴沉着脸的领导，我还没说话，小诺就好奇地说："他怎么这么快就走了？我还准备叫他一起打扑克呢，三个人怎么搓麻啊？"

真正的幽默高手

真正的幽默高手，永远不承认自己是高手，例如我的女友小诺。她从来不说自己是幽默高手，而是逢人就说快刀青衣是她培养出来的。

作为一名文科生，小诺总是鄙视我这个理科生连换灯泡都很业余，顺带着鄙视我鼻梁上厚厚的眼镜。一日，在人潮涌动的招聘会现场，我们俩如风浪中的两叶孤舟，失散了。最后还是眼尖的她远远地看到我，于是她如西部牛仔一样把围巾高高地在头顶挥舞大声喊："猪，在这儿呢！"然后最少有500双眼睛聚集到她的身上，她的小脸马上变成了红苹果。当她挤进一家名企的招聘台，几个工作人员都看着她和她的围巾忍俊不禁，旁边一个男孩还笑着说："猪，在哪儿呢？"最后，她乖乖地低头拉我逃掉了。

当初我和她只是纯洁的同学关系，但是后来她却频频在我的兄弟们面前说我在追她。一日，我把她约出来，让她给我个解释。伶牙俐齿的她说得我瞠目结舌："你说你是不是每天都会在图书馆、食堂、网吧、操场碰到我？难道真有那么巧的事情？你不是暗恋我那是什么？你说给别人听有人信不？"我点点头，"你说得很有道理！"她又问我："对了，你昨天怎么没有在上述四个地方出现？"我老实回答："我看电影流鼻血了，所以去校医院了。""下次记得去其他地方前要通知我，暗恋也是要讲究诚信的。"

谈恋爱后，她送我的第一份生日礼物是一个精美的钱包和一封信。信上，她把我以前发表的一些文章的题目剪下来贴在一起，以表示对我的重视。但是我实在没有想到，她可以把例如"注水猪肉惊现学校食堂"，"意外发生在足球场边"，"经常失眠正常吗"这样的题目的第一个字组合成"我注意你已经很久了"！当时，我的第一反应是想拨打110。

我一向在她面前装作学习很好的样子，如果不装的话，她一定会监督我学习的。但是在新学期的第一周周末，我需要去补考网络技术。关掉手机，我安心地坐在一间教室的后面写卷子。过了半个小时，她忽然从后门走进来，站在我面前说："你上周就答应陪我一起逛街买衣服的，怎么放我鸽子？"我大窘，说不出话来。她不依不饶地说："以前没见你这么用功，周末还上自习做习题，难道和我上街就那么恐怖吗？你是不是不爱我了？"这时班里哄堂大笑，监考老师走过来说："这位同学，这里正在补考呀，你们俩有什么事情考完再说吧。"小诺惊讶地张大嘴巴，退出了教室，在关门的时候恶狠狠地对我说："回头看我怎么和你算账！"

情人节，她送了我一套衣服和鞋子，要求我送给她一套化妆品，我同意了。第二天一起逛街的时候，因为我把她从四位数的时装柜台拉走，她就开始对我鸡蛋里挑骨头。她忽然扬着脸问："你是不是觉得我的皮肤很差？"我没听清楚，但一位前辈说过，"女朋友的话永远是对的"，于是我点头说："对！"她又哀怨地说："我也觉得今天的皮肤很差，那么你给我再买套化妆品吧。"我崩溃地说："我昨天不是刚给你买了一套吗？怎么还要？"她说："昨天买的只能证明你昨天爱我，而无法证明你今天爱我！"我说她强词夺理，她说我忘恩负义。一阵沉默过后她忽然说："我把你送给我的东西还给你，你把我送的还给我！"我刚气愤地说了一声"好"就后悔了，因为她可以洗把脸，再把带有化妆品的洗脸水泼过来，而我则需要脱下她给我买的外套、裤子、鞋子，然后去裸奔。我微笑着一把拉过女友，媚笑着说："刚才光线不好，我才发现你今天皮肤真好！"

实习的时候，小诺去一个中学代语文课，而我也代那个班的物理课。一天上课的时候，我发现下面的学生眉头紧锁，一个靠墙的胖子竟然频频撞击头部。我怕他加入什么不良组织，关切地问他有什么事情想不开？他拿出一张纸，戚戚然地说："老师，你看看，这是语文老师给我们留的作文题目，说是要开拓我们的想象力。"我接过来一看，第一个题目是"如果猪八戒留在了高老庄，那么请你设想一下唐僧西行的前景"。第二个题目是"如果你见到外星人，请用1000字介绍自己和地球（要让老师能看懂）"。第三个题目是"如果你在月球上买了一块地皮，盖了一个小区，请你写一个卖房策划书"。第四个题目居然是"请用20个成语形容你们物理代课老师的长相"。我大吃一惊，拿过胖子已经写好的东西一看："物理老师：鬼哭狼嚎，惊天动地，山崩地裂……"胖子诚恳地说："老师，帮我想一个吧！"我咬牙切齿地说："人仰马翻！"

父母出来旅游，顺便过来看看我和女友。小诺在父母面前表现出小家碧玉的羞涩和体贴，让老爸老妈十分满意。小诺带我们去坐渡轮横渡长江到汉口，当到达岸边的时候，汽笛正长鸣，渡轮正准备走。小诺激动地拉起我冲进渡轮，我想反抗都没给机会。刚上去，船就开了。她长出一口气说："终于冲上来了。"她偷偷地看看四周，可能是看着老妈不在，就趴我耳边说："小样，如果现在渡轮沉了，我和你妈同时掉进水里，你救哪个？"我正要说话，她又补充道："不能说你救我，你爸救你妈。"我说："不可能！"她说："怎么不可能？"我指指渐行渐远的江滩说："我妈他们在岸上，还没有上船呢！"

情人节……
你送我一套化妆品吧？
昨天不是送过一套了？
纳闷
昨天送的只能证明你昨天爱我，无法证明今天！
你太刁蛮了！
那我们分手，我把你送的还给你，你把我送的还给我！
好！
悲喜两重天……
老婆，别生气了吧，我错了！
洗脸水
裸体
衣物

喂，你好吗？

每一个纯粹的人，都应该有自己与众不同的地方，也许是性格，也许是爱好。例如我喜欢看球赛，但是和一般低档次的球迷不同，他们都喜欢看精妙的配合和美妙的进球，我却偏偏喜欢看场上打架，一看到场上起冲突就莫名亢奋起来。因为这个事情，女友小诺说我有严重的暴力倾向，并且是只敢看电视里的打架的那种伪暴力。但是她也并没有比我好到哪里去，我最近发现她有严重的自虐倾向，因为她疯狂地喜欢上了看广告。

很久以前，当电视荧幕还被各种肥皂剧充斥着的时候，她一看到广告就好像看到了不共戴天的仇人，每次都会用最大力气去按遥控器，仿佛要在换台的同时把广告全都挤出去。最后电视上的广告没见少，但是家里用坏的遥控器倒是装了一小箱子，以至于楼下大妈以为我是专门卖遥控器的。但是现在她因为被调到广告部，似乎已经习惯于看各种各样的广告。如果她单单是看广告，我倒还能忍受，但是她却经常将广告渗透到自己的生活，导致我每天清晨起床都要暗暗祈祷一番。

国庆长假前我们准备回一趟小诺家。就在我站在超市里苦思冥想应该给岳父岳母带点儿什么礼物时，她站在一边大声说："今年过节不收礼，收礼只收脑白金！"当时我差点抽风过去，旁边的几个人都在用一种不可思议的眼神看着我们。我悄悄地向旁边移动一步，装作不认识小诺的样子。小诺看到自己的提议没人响应，居然又自娱自乐地唱起"今年孝敬咱爸妈呀，咱爸妈呀，咱爸妈，礼品还是脑白金，脑——白——金"！那一瞬间我差点抑制不住自己的暴力倾向。于是我强行把小诺从人多的地方拖走。最离谱的是我一边拖她，她居然还在一边跳着脑白金广告上的扭屁股草裙舞。

某段时间，各个电视台都在疯狂地播放哈药六厂的广告，女友看的是津津有味，我却只记得一句“一片顶过去五片”。

某天小区停电，我站在楼下电梯前正在想该如何办，小诺突然说：“没关系，我带着哈药六厂的‘新钙中钙’呢，吃一片，一口气上五楼，腰不酸，腿不痛。”我把她拉到楼外空地上，向浩瀚星空指去：“我们可是住在36楼，一个人要吃七八片呢，那还不如直接啃水泥，那里面的钙也不会少。”

突然有一天，她莫名其妙地问我：“你知道哈药一厂生产什么药吗？哈药六厂都那么出名了，那么哈药一厂的药估计也不会差，好想尝试一下啊！”我没好气地说：“哈药一厂是专门生产耗子药的！”

因为连续加班没有按时吃饭，我的胃阵阵绞痛，只得请假回家。小诺在客厅里翻箱倒柜找药，一边找一边说：“去找sidashu。”然后自己又尖着嗓音学孩子说话：“四大叔来了！”紧接着又听到小诺长叹一声，然后说：“乖儿子，不是四大叔，是斯达舒！”当时我在里屋连撞墙去死的心都有了。当然，这不是最恐怖的。恐怖的是第二天清晨，我还没有起床，她就站在床边的椅子上，居高临下地对我这个躺在病榻上的柔弱青年进行精神上的摧残。她双手合拢，大声喊着：“胃，你好吗？”接着就是自己创造的一连串的回声：“你好吗你好吗好吗好吗……”不知道的邻居还以为我们从天坛把回音壁偷回家来了呢。

经过她的不断熏陶和学习，我也拥有了敏锐的感觉。如果画面刚出来是一个小孩子在跑，然后突然摔倒了，或者是在进行打球之类的室外运动，那么往往会是一个洗衣粉的广告。不过我自己对整个日化行业的广告词还不太了解。某天我加班到很晚才回家，小诺正在卫生间里洗衣服，突然从嘴里冒出一句："你泡了吗？你漂了吗？"当时我的头皮一阵发麻，心想，她怎么知道我和美女同事小王一起加班并且共进晚餐呢？正在我苦思冥想寻找借口的时候，小诺端着一盆衣服走了出来，兴奋地说："泡泡漂漂晾起来！"我一头冷汗地看着她把整个凉台挂满了滴着肥皂泡的衣服。

不过，经常看广告也使我改掉了以前的很多生活习惯，例如没有再喝康师傅冰红茶。在那个充满暧昧的广告中，一个女人把最后一滴冰红茶滴到了一个男人的头上，然后又把它吸进了肚子。看到这则广告的当天，我就没有吃晚饭，心里不停地做着自我检讨："看人家多不容易啊，虽然已经成了城市白领，时尚男女，但是喝饮料连一滴都不剩，哪怕里面有别人的头皮屑都不怕！这是一种什么精神？这是一种恶心死人不偿命的精神。"不过，小诺在看了这则广告后异常兴奋。我心中忐忑不安，生怕她哪天想不开就把康师傅浇我头上了。不过两天后回家，她哭丧着脸说："原来康师傅冰红茶的洗头效果并不好！"我汗如雨下，幸好她说的不是"原来海飞丝洗发水喝起来口味并不好"！

国庆长假时，小诺表姐四岁的儿子到我们家小住了几天。等他回去后不久那边的电话就打过来，表姐用不满的语气质问小诺："你都让我们家儿子看什么电视了？"原来那小子回去之后，饭前肯定要大喊一声："我用妇炎洁，洗洗更健康！"当时表姐夫就有抄起拖把杀到我们家的冲动。

公司组织足球赛，就在我准备上场的时候，发现小诺手里拿着两瓶饮料站在场边向我招手。这时，旁边的同事一边笑一边学着旺旺某产品广告里的样子对我说："同学，你的老婆带着两瓶饮料来看你了！”我走到场边的时候，小诺一脸不高兴地说：“你看人家电视上，老妈来送饮料，孩子都是哭着喊着扑到老妈怀里，你怎么这么不在乎我？”当天晚上，我躲在被窝里狂吃旺旺雪饼以泄心头之恨。

因为在小诺送饮料的时候，我未能及时扑到她怀里做感动状，所以只得去商场为她买了两套衣服作为补偿。不过，她挑中的其中一套衣服明显不适合她这个年龄层的人穿。回到家中，她才解开谜题说：“我见 Twins 她们有穿过这种衣服！不是说‘穿什么就是什么’吗？”当时我决定冬天再也不穿那件鸭绒袄了，因为如果按照“穿什么就是什么”的说法，那我就成了特殊行业工作者了。当我指着那件衣服的价格牌心疼得说不出来话时，小诺大大咧咧地挥挥手说：“女人，就该对自己的男人狠一点儿！”

在一个秋风萧瑟的下午，我郑重地向小诺提出了抗议，并且建议她在今后少看广告，以免受其毒害、智商下降。经过我们两人和平友好的谈判，小诺向我保证了以后会少看电视广告。为表示平等，条约规定我以后要不看球赛，不看模特表演，晚上不得加班，不能和女同事一起吃饭，并且家务全部由我负责。晚上，为了庆祝条约的制定，小诺亲自下厨做了几道菜，并且大声喊着：“好吃点，好吃点，好吃你就多吃点！”

死了都要麦

活在世上的每个人或物都创造过一些让自己倍感自豪的东西，例如苹果造就了牛顿，而我却造了一个真真正正的“麦霸”。

其实女友小诺一开始并不喜欢唱歌，她在大学的时候还是个羞涩的小丫头，仅仅去过一次KTV，并且还是呆在沙发角落里做依人小鸟的可怜状。那时她还不是我的女友。就在其他女生张牙舞爪地扑到我身上抢我手中麦克风的时候，她只是坐在不远处，安静地看着我们玩命争抢。我正了正有点儿发皱的衬衫，坐在了她的身边，温柔而又绅士地问道："怎么不跟我们一起唱歌？"她腼腆地笑了笑，柔柔地说了一句："我唱得不好，我怕！"

仅仅"我怕"两个字就让我生出了要保护她的强烈愿望，因为当时我身边的其他女生全是大大咧咧拍着我的肩膀大喊"哥们"的家伙。小诺的出现，就好比是学校食堂那一堆可以砸死人的馒头里突然出现了一个刚出锅的豆沙包，至少是让我垂涎三尺。

那时她还有男朋友。就像中国所有的庸俗校园小说描写的那样，那个男孩高高大大，白白净净的脸庞上架着一副金丝眼镜，显得温文尔雅。而我再看看镜中的自己，实在没有什么能拿得出手的优点。兄弟们都劝我要知难而退，我却叫嚣着"名花虽有主，我也要松松土"。他们拿我没办法，只好为我出谋划策。在排除了深夜抢劫再英雄救美和光天化日骑车撞人然后送医院等方法之后，我敲定了以己之长攻其之短法。通过频繁地在女生宿舍楼下弹吉他献歌，加上突然跳上讲台放声高歌，小诺终于架不住我的情歌攻势，被我连根拔起然后插在了自己这堆牛粪身上。这个过程说起来简单，但是具体实施中还是遭遇了很多意想不到的酸甜苦辣。单单从女生楼上先是倒洗脚水，然后扔垃圾，最后改扔一元硬币就能看出，我已经给会唱歌的男生找到了一条新的勤工俭学之路。

毕业后，小诺依然不喜欢唱歌，我们一起去 KTV 唱歌的次数为零。但是这一切都在一个夜晚改变了。那天，我的上司非常慷慨大方地送了我一件新年礼物——一双让人疯狂的小鞋。我一边喝酒一边向小诺讲述自己在这个公司的不幸遭遇。酒过三巡之后，我大喊一声："我要唱歌！"然后拔腿就往最近的一家 KTV 走去。小诺付完账，跟在我身后拍着胸脯说："吓死我了，我还以为你们老家把'小便'隐讳成'唱歌'呢。"

那天晚上，KTV 包房里有一个人在一刻不停地唱着歌，只可惜那个人不是我，而是小诺。当时我已经唱到喉咙沙哑，她一把夺过了麦克风，大声地对我说："这边的朋友们，请跟着我唱好不好！"我从未想过，小诺这么一个从来没有站出来唱过歌的女孩子，第一次亮相居然如此有歌星风度，更没有想到她居然能把一首《有多少爱可以重来》唱成"常常责怪自己当初不应该，常常后悔没有，把你赶出去，为什么明知你很无赖，还是把我送进你口袋，是否我看起来就像是个痴呆……"刹那间，我感觉自己像个痴呆。

我拍红了手掌，小诺也在我激动情绪的感染下唱了一首又一首歌。当时我就明白了一个道理——"会咬人的狗不叫"。话虽然粗俗，但是看在我发现了一名 KTV 明日之星的分上，还是可以原谅的。只不过，这件事情导致的直接结果却是小诺对唱歌产生了极大的兴趣。

每天晚上我们手拉着手走在回家的路上时，她总是缠着我让我点歌。这总会让我想起自己很久以前的理想：做一个家有良田千亩，奴仆如云的阔家少爷，每天提着鸟笼子，带三五个狗腿子，大摇大摆地上街调戏良家妇女，然后坐在茶馆里叫来唱曲的小妞唱上两段小调。当然，这个理想一直都埋藏在我的内心最深处。而小诺总是摇着我的胳膊，嗲声嗲气地说：“小妞，来，点个歌，爷给你唱！”

那天，我们回忆起小时候的老歌，不由得泛起温馨的感觉。小诺马上张嘴就唱了起来：“我们坐在高高的骨灰旁边，听妈妈讲那恐怖的故事……”刹那间，我心中的温馨感觉荡然无存，脑海里浮现的全是《午夜凶铃》、《咒怨》之类的电影中的经典镜头。

正坐在客厅吃饭的时候，不知是我的吃相不佳惹怒了她，还是因为触景生情，反正小诺幽怨地唱了起来：“就这样被你征服，走进咱家这坟墓，天天为你洗衣服，我觉得自己是个保姆。就这样被你征服，习惯你的夜不归宿，你说自己其实很辛苦，回家你就打呼噜……”当时我一口稀饭顺风喷了一米远。

能称之为“霸”的人，当然不会满足于仅仅在两个人中称霸，例如地主恶霸绝对喜欢欺凌很多佃户，“球霸”喜欢欺压很多小队员，而“面霸”当然在锅里也会习惯性占据比较多的位置，“波霸”是对自己身体的某个部位极其满意。所以，作为“麦霸”的小诺当然想在众人面前展示自己的风采。

周六那天晚上，路上车已经不多，KTV 里却人来人往。我看着自己的朋友一个个微笑而来，不禁心中一片悲凉。他们还不知道自己将度过怎样的一个夜晚。进到包房之后，小诺先去细心地检查麦克风。不知底细的兄弟捅了捅我，挤了挤眼睛说：“你小子真有福气，找了个这么贤惠的老婆，你唱歌还帮你检查麦克风。”我苦笑两声，然后只听到小诺叫来服务员说：“留下一个麦克风，其余的给我撤走。”众人吃惊地看着她。小诺粲然一笑，说：“咱们今天不合唱，所以要多余的麦克风也没用，免得绊着你们。”

当包间大门关闭的时候，小诺站在前面，手持麦克风，笑着说:“欢迎大家来参加我的个人演唱会，来，大家先呱唧呱唧。”当时几个哥们就面面相觑，然后都用探究询问的目光朝我放射过来。我在心底默默地唱起了吴克群的《我有罪》，但是对他们的目光却装作视而不见。

小诺唱的第一首歌就把所有的人都震住了:“死了都要麦，不唱上一夜不痛快，爱情多深，只有这样，才足够表白。死了都要麦，不唱到天亮不痛快，宇宙毁灭，嗓子还在……”那天晚上，小诺过足了“麦霸”的瘾。临走前，趁小诺去喝水忘记把麦克风揣在兜里的空当，一个哥们抓起麦克风大声吼道:“想唱就唱，你是一匹来自北方的狼，我能想到最幸福的事情，就是你们夫妻俩嗓子全坏掉……”

不过，并不是所有的人都很生气，其他百无聊赖的人在小诺唱歌时都寻找到了属于自己的一份收获。鱼从沙发后面割下了一大块海绵垫，准备带回家给小狗搭窝，所以她整晚都拿着把小刀躲在沙发后面紧张忙碌地工作着。大强整晚都在打房间里的免费市话，用他的话说，就是连二十年没有联系的幼儿园初恋女友都联系上了，并且重新恢复了友好邦交。而莉整晚都在从外面拿着免费水果吃，临走时惊讶地发现自己攒下了半盒牙签。当然，我也没落后，我从遥控器里抠下了两节电池装在了口袋里。

站在 KTV 的门口，小诺嘶哑着嗓子说:“大家明天见！”除我之外的所有人都做了一个鄙视的动作，并且大声说:“麦霸太欠扁！”

今夜，某人离家出走过……

刚走进家门，我就感觉到一股熟悉的气息，那种气息让人窒息、让人无奈、让人想哭。当我搜寻完厨房和卫生间，发现冰箱里的三个西红柿和卫生间的化妆品都不翼而飞的时候，我来到书房，在墙上的“正”字上又加上了浓浓的一笔。是的，这已经是女友小诺本月内第三次离家出走了。

我打电话让楼下餐馆送了一只烧鸡和两瓶啤酒上来，然后开始大快朵颐起来。最近女友正发誓要刻苦减肥，每天只啃一根黄瓜，并且要求我一定要严格监督她。为了避免她遭到美食的诱惑，所以我每天的伙食标准是两根黄瓜。现在我对她减肥的结果很满意，我工作后的那点儿肚腩全部消失了，并且从我的脸色看，我越来越像一位《水浒》里的英雄——青面兽杨志。

每当她觉得减肥大业坚持不下去的时候，就会寻衅滋事一番，然后离家出走。上个星期她的理由是伊拉克打败仗了。你说人家萨达姆都不急，你着急管什么用？离家出走可以原谅，但是为什么每次你回来，都能从你身上闻到全聚德烤鸭的味道呢？

想起几年前，我第一次见到小诺的母亲时，丈母娘几乎是热泪盈眶地说：“小诺有点儿调皮，以后你们在一起，你要多担待点儿。”那时我以为丈母娘只是谦虚而已，后来当我发现小诺有离家出走的嗜好后，丈母娘已经俨然一副“一经售出，概不退换”的模样。如果离家出走仅仅算是“调皮”的话，那么某些喜欢偷人内裤的色情狂、变态狂完全可以被称为“对服装行业有着孜孜不倦的追求”！

前段时间，小诺向我的妹妹谈起了她光辉的离家出走史。

原来她第一次离家出走的时候，是抱着一个伟大的理想出去的，那就是“碰到一个玉树临风英气逼人温柔体贴满腔柔情的翩翩佳公子，然后坐进红色法拉利，两个人携手走进一家金碧辉煌的法国餐厅”。我的原意是让妹妹搞清楚小诺为什么离家出走，从而对症下药劝劝嫂子。但是两个丫头唧唧喳喳聊到最后，妹妹居然拍着胸脯说：“嫂子，你什么时候再离家出走记得叫上我，我先回去收拾行李！”当天晚上，我把家里的琼瑶、席娟等人的言情小说全部偷到楼下论斤卖了。

小诺跟我在一起后的第一次离家出走让我刻骨铭心。那天晚上，我做饭的时候多放了半勺盐，她便说我不再爱她了，企图用盐把她咸死，还说其他的女人都是在蜂蜜里被甜死的，只有她连死都死得这么不幸。我还没来得及反应，她居然就穿着睡衣、拖鞋拉开门跑了出去，就跟曹操第一次见徐庶一样迫不及待。

当时我的脑子一片混乱，最近看的那些法制纪录片、破案片里的情节都在我的脑海里浮现。要是她遇到流氓怎么办？要是流氓被她吓坏了怎么办？要是她没钱了怎么办？要是她抢银行金库了怎么办？要是她迷路了怎么办？要是她迷路了闯进国家机密重地了怎么办？要是她冻坏了怎么办？要是她冻坏了抢别人的衣服怎么办？

我越想越担心，就收拾了一大包东西出门去找她。我是个细心的男人，所以做好了应对一切突发事件的准备。如果她遇到流氓，我的包里有西瓜刀；如果她冷，我的包里有小毛巾被；如果她在天桥底下不愿意回来，我的包里有报纸和小枕头。我怕天桥底下蚊子太多，甚至还在包里塞了一瓶灭害灵。

漆黑的夜里，我走在无人的大街上呼唤着小诺的名字，但是空旷的四周一片寂静。就在我担心小诺的时候，我的身边掠过一股寒冷的风，那风伴随着摩托车的轰鸣声把我的背包拽了去，同时也把我弄翻在地。当我爬起来时，发现胳膊已经挂彩，牛仔裤也摔破了一个大洞。我更加担心起小诺来。我找遍了城市里她经常去的地方，都寻不到她曾经来过的踪迹。筋疲力尽的我只得先回家再从长计议。我走到楼下的时候，忽然蹿出一个黑影把我抱住，我大义凛然地喊道："你来晚了，我已经被抢过了！"黑影忽然哭了起来，低声说："你终于回来了。我是小诺啊，我没带家里的钥匙，快被冻死了。"

回到亮着温暖灯光的家里，我们俩面面相觑。她面色白净，一脸笑意，穿着粉红色的卡通睡衣，而我满脸灰尘，全身带伤，穿着破烂牛仔裤，对比起来我更像一个离家出走了几个月、吃尽苦头的不良少年。当我询问她晚上在什么地方时，她委屈地说："外面太黑了，我就躲在小区里呢。我看到你出去了，不过我没叫你。如果你很快就回来的话，就证明你已经不爱我了。"我充满柔情蜜意地说："我怎么会不爱你呢？记得下次千万别离家出走了，你看这次损失多大啊！要是真的上瘾了，就在院子里找地方猫一会儿，等我来找你吧！"她点了点头说："嗯，我这次知道错了！下次我一定带上钥匙！"

我狠狠地啃了一口烧鸡，又喝了两大口啤酒。但是我对小诺还是有些不放心。她前几次离家出走都选择了去自己的同学家，如今她在这个城市里的同学基本上都已经被她祸害完了。每一次我还没有找到她的行踪，她的同学就主动来投诚，向我透露她的去向并且央求我赶紧把她带回家。不过每到这时我却一点儿也不着急，因为小诺可以多吃点儿别人家里的东西，为我们家早日过上小康生活而开源节流。

当我在卫生间看到空空如也的柜子时，就知道她一定背着一个很大很大的包，包里塞满了化妆品。因为某一次她离家出走归来时，我去接她，发现她的脸脏得居然像个小花猫。我语重心长地对她说：“小诺啊，我知道你喜欢离家出走，但是就算离家出走也要注意形象问题。又不是丐帮搬家，别弄得蓬头垢面、鼻青脸肿的，要不人家还以为你是捡垃圾的呢！”从那以后，她每次离家出走都要带上很多瓶瓶罐罐，很让人怀疑她到底是离家出走还是去参加狂欢PARTY。

这时，我收到一封电子邮件，里面只有一句话：“离家出走途中，发现门外小街有家饭馆好吃，速来付账。”我再顺便提醒所有想离家出走的朋友：记得和家里及时保持联系。小诺就以此为借口，逼我给她买了一个能上网发邮件的智能手机。用她的话说就是“工欲善其事，必先利其器”。当我付完账领她回家的时候，她气宇轩昂、大摇大摆地走在前面，而我则手拿钱包、唯唯诺诺地跟在身后。我看着她的背影，忽然想起一个名词——“还乡团”。

她回到家，锐利的眼睛迅速扫向桌子上的残剩鸡骨头，以及电脑显示器上一个MM和我的聊天窗口。她冷笑一声，然后居然找出一个大旅行箱，拖着就往外走。我一把抓住她的手，哀求道：“小诺，你听我解释。那鸡是从楼上掉下来的，那MM是失恋了，我只是怕她做傻事才安慰安慰她。”小诺看着我的眼睛，口齿清晰地说：“那你告诉我，这只没毛的烧鸡是如何从七楼飞到六楼的电脑桌上的？这瓶啤酒是不是也是这只烧鸡顺便带过来的？”我被噎得说不出话来，她竭力挣脱着要夺门而出。

我不怕别人笑话，一把鼻涕一把眼泪地说：“小诺啊，这个月你都出走这么多次了，咱也过够瘾了吧？咱好好过日子吧。”

小诺冷冷地看着我说："我怎么没有好好过日子了？"我一咬牙，说："我知道我做得不对，我不该自己偷吃烧鸡，也不该上网骗小MM，更不该自己偷偷藏了80块钱的私房钱。现在你原谅我吧。"

小诺终于不再阴沉着脸，笑着说："好小子，竟然敢藏私房钱。"我被她的笑容所迷惑，松开了手，但是没想到她居然又拉起箱子往外走。我一把抱住她的腰，仿佛日本柔道选手一般，一边向后使劲一边嘴里不停地说："我不让你再离家出走了，我不让你再离家出走了……"她使出吃奶的力气去掐我的手，大声呵斥说："快放手，我妈明天出去旅游，要借这个旅行箱，我要赶紧送过去！"

会过日子的她

"今天是你的生日，我的打铃，清晨我放飞一群白鸽，为你带回一盘乳鸽……"女友小诺在电话里对着我大唱改编自董文华的《今天是你的生日，我的祖国》。就在我忍不住要爆笑的时候，她神秘兮兮地说："晚上下班早点回家，我给你准备了生日礼物，特浪漫！"

挂了电话后，我一下午都在魂不守舍中度过，甚至在写一项计划书的时候，不小心忘记点小数点了，把项目预算13000.00打成了1 300 000，惹得总监特意跑过来，非要亲热地摸摸我的额头。

小诺的生日比我早一个星期，所以每一次她给我准备礼物总会以我给她的礼物作为参照。例如去年，她说想要一个索尼的笔记本，不过因为我当时囊中羞涩，只给她买了一个硬皮笔记本，并且在扉页上画了一个索尼的 LOGO，在 LOGO 下还顺手画了一个微软 VISTA 系统的符号。小诺收到我的礼物后，那脸就跟电脑蓝屏没什么区别。一周后，她就送给我一个我早就想拥有的阿迪的“飞火流星”足球，只可惜是七号的，说明书上说适合 12 岁以下的儿童玩耍。

不过，小诺今年收到我的生日礼物还是很开心的。她一直是个小气鬼，总禁止我给她买玫瑰花，且常挂在嘴边的一句话就是“买玫瑰中看不中用，还不如羊肉串可以大吃一顿呢”！因此，今年小诺生日我便给她买了 99 串羊肉串。当我捧着 99 串羊肉串往小区里走去时，顿时发现绿地上十几条正在聊天、遛弯、谈情说爱的宠物狗像脱缰的野马一样向我冲来。当我气喘吁吁地冲进电梯的时候，一个大妈怜悯地看着我：“小伙子，怎么跑这么快？饿了也不能抢人家的羊肉串啊！”那天晚上，我给小诺过了一个别开生面的生日会，两个人坐在沙发上甩开腮帮子大啃羊肉串。我们还无意中发现了一条生活常识：多吃羊肉会起很多青春痘。

我一进家门就大喊一声：“老婆，我回来了，把神秘礼物拿出来吧！”然后去按开关，发现灯没亮，我扑哧一笑，说：“真浪漫，连电都断了。”借助手机的微弱光芒，我只看到一个黑影坐在客厅里。我正准备大喝一声，黑影突然扑过来，趴在我怀里说：“我今天给你买了好大的冰激凌蛋糕，但是买回来正好没电了，全化了！”我轻轻地拍着她说：“没关系，没关系，有心意就好了。”

当我终于换完保险丝重见光明的时候，只见小诺如同电视上表演的那样，捧着一个盘子，盘子上放着一个馒头，上面插着 27 根火柴。她怯生生地说："咱今天就凑合了吧！"还好，当火柴熄灭的时候，我晚上有了一个烤馒头可以吃。

就像我上文中说的一样，小诺是个很会过日子的人。当初刚参加工作的时候，我们俩一起去参加体检，她居然跟护士说："小姐，我们俩拍 X 光片可以拍合影吗？"当时周围的人全部惊呆了，一个女孩子指着男朋友的脑门教训道："你看人家两个人多如胶似漆，连拍 X 光都要求合影。"

某天，我因为要参加一个活动，需要给组委会发去一张正式照片。我回家面有难色地说："小诺，我们公司要交正式照片，你看我连一套西装都没有。"小诺果断地说："别担心，走，去西装店。"我惊讶地跟着一反常态的她出门。在某个国际大品牌的西装店里，小诺让我试了一套浅色西装。我一看定价，不由地张大了嘴巴。我在前往试衣间的时候，凑在她耳朵边说："你中彩票了？这价钱够买几千根羊肉串呢。"她豪气十足地说："你今天就专门负责试衣服，其他的就不要操心了。"

那天下午，我一共试了差不多七八套西装。当时我的脑中一直想着她是不是中了 500 万大奖，并且在心底暗暗筹划 500 万应该如何花。所以那天下午，我看她的眼神基本上和走在街上看到运钞车的眼神一样。不过最后，小诺皱着眉头对导购小姐说："难道你们这里没有新款吗？我记得前几天看杂志，说在意大利已经发布了夏季新款，难道还没有到？"导购小姐一脸羞愧地说："对不起，最新款还没有到。"小诺带着一脸遗憾的表情挽着我走了出去。走过拐弯处，她捂着肚子蹲在地上笑了起来。我也蹲下来，诚恳地问："小富婆，我们接下来是去金利来还是去皮尔 · 卡丹？"她止住笑，严肃地说："同志，你试衣服试上瘾了？我手机里已经存了你身穿各种颜色西装的照片，你回去一处理就可以了。”我瞠目结舌地盯着她说：“你你你……竟然偷拍我！”

小诺最近不晓得看了什么连续剧，受到了刺激，下定决心要做一个更加会过日子的人。那天回家，一进门，我就看到迎面一个大条幅，上面用歪七扭八的毛笔字写着“要把一分钱都攥出汗来”！当我看到小诺，顿时笑了起来，只见她脸上、手上、衣服上溅满了墨点。我一边帮她擦脸一边说：“知道的人了解你在写毛笔字，不知道的还以为从动物园跑出来一只梅花鹿呢。”事后盘点，墨汁用去 15 元，宣纸用了 8 元，打碎一个烟灰缸浪费 12 元，一套衣服洗不干净浪费 130 元，至于洗手液、水费等忽略不计。当她知道自己为了写一幅大字用掉 165 元时，惊讶地张大了嘴巴。我无奈地摇摇头说：“我明天就去帮你兑换 16500 枚一分的硬币，你要给我把每一个都攥出汗水来。”

小诺上学的时候学的是经济，所以家里的很多条例都是与经济挂钩的。例如，她前段时间减肥，所以制定了两项条例：“条例一：为了甲方小诺的减肥大业，从条例签署之日起，乙方如果能狠心拒绝甲方要吃东西的请求则奖励人民币五元，如果未能拒绝要求则要罚款五元；条例二：为了树立家中领导的地位，乙方如果不听甲方的话，一次罚款十元。”这两项条例如果分开来看，十分合情合理合法，所以我就匆匆答应了。后来在实施过程中，我才发现，当她提出吃东西的要求时，如果我答应了她，那么罚款五元；如果我拒绝了她，就是没有听老婆的话，需要罚款十元。

就在国家提出要建设“节约型社会”的口号之后，小诺突然买了两件白色睡衣。我疑惑地说：“你应该买黑色的，那样不容易脏，能省了水费和洗衣粉。”她摇了摇头，纠正说：“我已经计算过了,我们每个月的电费比水费贵。在家里穿上白色的衣服,比黑色的衣服容易反光，所以我们以后可以换个功率小点儿的灯泡。”

听了小诺的话，我彻底昏厥了，原来在她眼里，我就是一反光镜，连凸透镜都不算。

快乐愚人节

圣诞节、情人节，各种洋节在社会上的影响力越来越大。自从参加工作以来，女友小诺总是埋怨我缺少生活情调，所以愚人节前三天，我就已经绞尽脑汁在考虑怎样给她一个有意义的愚人节了。

4 月 1 日早上我赶到约会地点的时候，只见小诺顶着两只熊猫眼在一棵柳树下左顾右盼。我关心地问:“怎么，昨天晚上没有睡好？”她打着哈欠说:“不晓得为什么，闹钟在半夜一点的时候响个没完没了，我爬起来找了三分钟才在床底角落里找到。要是让我知道是谁放的，我一定掐死他！”说完有意无意地瞟了我一眼，我顿时有了窒息的感觉。

我们俩正在手牵着手逛街的时候，突然从路边跑过来四个要钱的小孩，一人抱住了我和小诺的一条大腿。我们俩被吓得手足无措。小孩子突然异口同声地喊:“爸爸妈妈，你们不要扔下我们！”旁边本来行人不多，但是突然间这里就像成了闹市区，无数人站在我们身边指指点点，居然还有一个大妈颤巍巍地说:“现在的年轻人啊，看着才 20 多岁，怎么就有四个孩子了？”那一刻，我切身体会到了“生不如死”这四个字的含义。

这时突然听到旁边有人很猥琐地大笑着，我一看居然是死党胖子。他站在人群中笑得差点要咽气，还竖起两根火腿肠似的胖手指对我做胜利状。我弯下腰，指着胖子对一个稍大点儿的男孩说："快，把今天那胖哥哥给你们的钱交给爸爸！"四个小孩马上跑得无影无踪。胖子还不忘大喊一声："我是胖伯伯，不是胖哥哥！"

当我对胖子说要请他吃饭时，他警惕性十足地说："你可不要耍我，我当年入职时智商考试可是得了110分的！"提起那次考试，我都不好意思说。我从人事部MM那里帮他偷到了答案，他居然才抄了110分。饭前，我掏出巧克力豆递给胖子和小诺说："来来来，吃巧克力！"小诺看了我一眼，居然怀疑我："你先吃！"

我伤心地说："一个是我女朋友，一个是我好朋友，我怎么会骗你们呢？好心当成驴肝肺，好好好，我先吃！"我拿起一颗黑色的巧克力豆扔进了嘴巴里。他们两个看我吃了下去，顿时觉得心存愧疚，然后都从袋子里拿出了一颗黄色的"巧克力豆"，扔进了嘴巴咀嚼起来。只见两人的表情顿时定格，脸部扭曲，仿佛被硫酸泼过一般。在喝光了桌子上的水之后，还是出身医生世家的胖子见多识广，小声说："牛黄解毒丸，真苦！"

正在吃饭的时候，我的手机突然来了短信。我还没来得及看，小诺就一把夺了过去，然后脸色大变，站起身就朝门外走，冷冰冰地说："你跟我出来！我要听听你的解释！"胖子站起来搓着手说："小诺，有什么话慢慢说，别生气。我知道，他这个人以前是有点儿花，但是现在他已经心中只有你了！"小诺冷笑道："未必吧？要不怎么会有这么暧昧的短信？胖子，你坐这里等着我们，我要和他单独聊聊！"我忐忑不安地走到门外。小诺正站在路边的大树下，看我走过来，马上拉着我跳上一辆公交车，大声笑着说："哈哈，这顿饭胖子又要出血了！"我一看短信，原来是中国移动通知我话费不足需要缴费，顿时那颗"扑腾扑腾"乱跳的心脏才恢复平静。原本我还以为是单位的小MM约我出去逛街呢。

到家之后，小诺突然大声说："快来看快来看！这边地上怎么有三枚一元硬币啊？"那是我昨天晚上上网搜索到的整人大法，在硬币背面抹上502万能胶水，然后粘在路上，引得很多人上来捡，但是他们又拿不起来，只好无功而返。所以我举一反三，拿出三枚一元硬币贴在了家里的地板上。小诺蹲在地上，果然使出吃奶的力气都抠不下来，小指头已经通红。当我暗笑着准备劝她放弃的时候，她突然恶狠狠地说："时间长了，居然粘得这么紧，我就不信这个邪！"她拿出了一个小铲子开工了。过了一会儿，她长出一口气说："终于拿出来了！"我定睛一看，地上的木地板也被铲起来一大块。我暗自咒骂502生产厂家为什么要制造质量这么好的产品。出门遇到楼下张大妈的时候，她微笑着打招呼说："你们家上午在装修呢？"

正在看电视的时候，小诺突然收到了一条短信。她脸色忽白忽红急剧变化，显然经过了强烈的心理斗争，最后把手机扔给了我。我一看短信，是她前任男友发来的，上面暧昧地说："离开你之后，我一直想念着你，不知道你过得好不好，我只知道我还爱着你！我下午五点会在动物园的熊园前等着你，那是我们第一次见面的地方，你可以选择不来，那样的话我会祝你幸福！"小诺用探询的目光看着我，我大度地挥挥手说："去吧，分手了还是朋友，过去把事情讲清楚就好了！"小诺感动地说："你真好！"

我陪着小诺站在熊园前耐心等待，结果没有等来她的前男友，却等来了他的短信：“嘿，愚人节快乐！我知道你肯定不会去的，因为你是那么聪明。我现在人在泰国，一看到那么美丽的人妖我就想起了你。”小诺一边拉着我往回走，一边回短信：“那当然，我正在和帅哥逛街呢，你的小把戏只能骗骗那些笨蛋，我才不会上当呢！”

给球迷男友的绝情书

该死的老刀：

昨天晚上你把兜里仅剩的20元钱塞在我的包里，粗鲁地把我推进出租车里，“啪”的一声关紧车门，然后用很惊人的百米冲刺速度跑得无影无踪。我知道你是为了回去看你的那场破球赛。我坐在车里越想越气，越想越感到孤独，难道我的魅力还不如那个破足球，难道我给你的香吻还不如让那足球砸一下的感觉好吗？

经过郑重的考虑，我决定和你分手！很正式的分手！我已经考虑6分钟38秒了，本着“为你好”的原则，遵循“分手快乐”的宗旨，牢牢地铭记训示“失恋的人是自由的，分手的人是快乐的”，现在特对彼此分手后的行为做一番严格约定：

1. 因为你对本人知心知肺的了解，所以不许你出现在我经常走的路上，不许你在我身边方圆500米的地区出没。在我没有看到你的时候，允许你躲进路边的垃圾车以避开我的视线。如果在没有自然灾害发生，或者人力不可抗拒的因素发生的情况下，你出现在我的面前，那么你需要买一盒“德芙”巧克力，装作不小心的样子丢在我家门口。

2. 在我们两家的中点处，有一处跟土豆地一般的运动场，那里见证了我无数次坐在场边，看你用笨拙的身体踢球的悲惨历史。因为我已经养成了去那里散步的习惯，所以请你改变自己的踢球习惯。人家正规比赛大部分都在夜晚举行，也请你白天不要在体育场出现。晚上你可以自由地带只手电筒去踢球，我不加干涉，甚至允许你唱那首《白天不懂夜的黑》。但是，如果你白天出现在运动场，一经发现，你忘在我家里的足球杂志、球星海报都会出现在我家狗狗的窝里。

3. 坚决不允许你拿一朵快凋谢的月季，一脸可怜状地出现在我的面前。很多次，你都用这种拙劣的手段哄我开心，但是你以为，我真的认不出那是你从张大妈花盆里偷的月季花吗？如果再发生此类情况，我将去环保局揭发你以往的罪行，并且要求赔偿新鲜玫瑰99朵！

4. 分手后三个月内，不允许你搂着你远方的小妹在我身边屡屡招摇过市，仿佛要昭告天下“我不是没有人爱的”；不允许你拉着陌生女孩的手，坐在我们经常去的那家麦当劳的靠窗位置上；不允许你在我们相识的那家咖啡屋里，深情地问我“你过得还好吗？我无法忘记过去”，如果违反的话，你买单！

5. 以前我们一起出去拍的照片，因为我是上面的主角，所以照片所有权归我所有，请你在收到此信的24小时内，将照片连同底片送至我家楼下三号送奶箱，逾期不至将考虑强制执行。另外你的尾号为“1520”的手机号含有“要我爱你”的歧义，会让大家产生你被人压迫的虚假事实，请迅速去更换成尾号“5120”，否则你的手机将有生命危险！

6. 由于你是个比较浪漫的人，所以坚决杜绝以下事件的发生。分手后，许久不联系，我又有了新的意中人，而我们在教堂里接受神父祝福的时候，你气喘吁吁地出现在教堂门口，大喝一声："你们不能结婚！"然后你拿一玻璃戒指，深情地对我说："你嫁给我吧！"就像那些庸俗的电视剧一样，你拉着我的手往外跑，我的高跟鞋跑掉了，婚纱也脏了，最后我们狼狈地拥抱在一起。想起这样的情节就恶心，如果有可能发生这样的事情，那么你要负全部责任，你需要负担我后半生的花销。

此六条为基本条款，如有补充，会另行通知。本条约经我反复考虑，符合法律要求，真实有效。如有异议，纯属无理取闹，一律驳回起诉。

生气的小诺

2008 年今天

家有胆小鬼

人都是会变的，例如小诺有勇气成为我的女友，由此可见她并不是天生的胆小鬼。但是令我十分意外的是，最近她的胆量越来越向学龄前的儿童靠拢。

第一次发觉小诺很胆小是在一次很偶然的事件中。那天我们并排走在路边的人行道上，忽然平地起惊雷。"轰隆隆"的雷声响起，她吃了一惊，吓得小腿一软，差点坐在了地上。我看她被吓得面色惨白，心疼地安慰她说："小诺，别怕别怕，咱们是好人，好人是不会被雷轰的。"她哭丧着脸喃喃地说："但是我昨天从你钱包里偷偷拿了 50 块钱，我还算好人吗？"我这才发觉冤枉了我的钱包，我一直以为是钱包某个地方有个洞才导致丢钱的呢。但是我仍然劝道："不怕不怕，知错能改就是好孩子。”她用一双无辜的大眼睛看着我说：“你请我吃麦当劳我就不怕了。”我请她吃完麦当劳后，又背着她走回小区。她趴在我背上兴高采烈的，先前的惊吓荡然无存。自从那天起，我就特别怕打雷。

不过我对她的胆小从来都是一笑了之，因为我想不出胆小鬼有什么危害社会的地方。直到那个夜晚，我才改变了自己的看法。大学期间，我只有一件事情坚持不懈地做了四年，那就是抽烟。不过跟小诺在一起后，她残忍地扼杀了我的唯一一项特长。那天晚上，我见她正在看韩剧看得入迷，就一个人蹲在阳台漆黑的角落里偷偷抽烟。正当我陶醉于吞云吐雾的时候，突然听到一声尖叫，随后我抬头看到一块黑糊糊的东西迎面飞来。我下意识地用头去顶，“砰”的一声，我仿佛看到了满天繁星……

当我极力地挣扎着站起身，拉开灯就看见小诺全身颤抖着站在凉台边，当她看清我的刹那也惊讶地张大了嘴巴。地上躺着一本厚厚的《牛津英语词典》，我一边摸着自己脑袋上的大包，一边向她表示要讨个说法。她喃喃地说：“韩剧播完了，正放广告，我就想到阳台上把窗户打开。然后我就看到角落里有一点烟头的红光和一个模糊的人影，于是就顺手拿本书扔过去了。对不起，我不知道是你。”我一点儿也不生气，因为幸亏她没有把墙脚的那个 10 公斤重的哑铃扔过来。我忽然想起了星爷的那句经典台词：“你以为躲起来就找不到你吗？没有用的，像你这样出色的男人，无论在什么地方，都像漆黑中的萤火虫一样，那样的鲜明，那样的出众。”这句话就好像是为我量身定做的一样。

五一放假的时候，我带着小诺去乡下表姐家玩。几个人聊天，开始回忆起小时候的趣事。我顺手抓过一只正在旁边找食吃的公鸡，拿起桌子上的西瓜刀，比划我小时候第一次杀鸡是如何一咬牙一闭眼把鸡头整个剁下来的。但是小诺以为我要对公鸡下毒手，大叫一声：“别！”吓得我手一哆嗦，差点真把公鸡头砍下来。反倒是表姐家5岁大的儿子走到小诺身边，张开粉嘟嘟的小嘴说：“阿姨，你别怕，我保护你！”唉，人和人的差距咋就那么大呢？

她的胆小有愈演愈烈的迹象。在小区里，每当有人遛狗走到她身边，她的神情就特别紧张，仿佛身担国家重任一般。特别是有时会遇到喜欢与人亲热的小狗，当狗绕着她的腿打转的时候，我看她被吓得眼泪都快要流出来了。所以每当小狗稍微走远,她就会马上拉起我没命地跑。我一直特别想问她一个问题：这是散步还是遛我呢？

我本着“再穷不能穷教育，再吓不能吓老婆”的原则，提出要对她的胆量做一番锻炼。小诺在想了很久之后，咬牙切齿地答应了我的计划。我安排的第一步是捉迷藏。虽然游戏很小儿科，但是我决定把自己藏在最阴森的角落里，趁她不注意的时候跳到她的背后拍她的肩膀，以此来锻炼她的抗惊吓能力。不过当我藏好后，她总是坐在里屋的墙角喊：“你藏得真好，我找不到你，你出来吧。”甚至当我大摇大摆地坐在客厅里看电视时，她依然在喊：“我找不到你啊！快出来吧！”

在我发了三次火之后，小诺终于勉为其难地开始跟我捉迷藏了。我刚在储藏室的角落里蹲好，就听到一声清脆的响声，她把储藏室的门锁上了。我跳起来死命地拍门，她居然还充耳不闻地自言自语：“咦，这家伙藏到哪里去了？我怎么找不到啊？”更离谱的是，储藏室的墙角居然蹿出一只大老鼠，它也出不去储藏室了。虽然我胆子很大，但是我从小最怕的就是老鼠，所以我一个大男人在储藏室里大喊大叫丢尽了脸。

我放弃了捉迷藏的方法，毕竟几十平方米的小房间无论怎么挖掘都找不到太多隐蔽的地方。我决定用看恐怖片的方法锻炼她的胆量。我们刚开始在电脑上看的是一个香港的经典恐怖片，可连里面的鬼都还没有出现，只是背景音乐有些阴森恐怖，小诺就吓得马上跳了起来。不过她没有去关播放器，而是闭着眼睛直接把电脑的电源插座拔掉了。一个片子没有看完，我就不得不放弃自己的想法，因为她频繁地把电脑电源直接拔掉，最后导致我的电脑系统崩溃。

我怎么可能就这样善罢甘休呢！于是我又把她带到了正在上映一部日本恐怖片的电影院。我们刚坐下不久，电影就很快进入了高潮，然后电影院里开始响起此起彼伏的尖叫声。以前在家看恐怖片时，她不敢大声尖叫，怕邻居说她扰民。到了电影院，她一听到那么多女孩的尖叫，就仿佛找到了组织，也张开嗓门开始尖叫起来。我从《小学生守则》一直讲到公民精神文明建设，她终于明白了在公共场合尖叫不符合她高素质人才的形象，然后郑重向我保证坚决不尖叫了。接下来的电影真的很恐怖，她不尖叫了，不过每个恐怖镜头来临的时候，她就扑到我怀里，抓起我的胳膊狠狠地咬下去。看完电影，我看着自己胳膊上成排的牙印，终于找到了衡量恐怖片质量的新方法。

到了6月，因为我要到公司上夜班，所以只得把小诺一个人留在家中。临走时，我郑重地问她："你一个人在家怕不怕？"她想了一会儿，坚定地说："不怕！"我满意地点了点头，出发了。半路上，我发现把一份文件忘在了家中。当我再次走进家门的时候，发现屋里所有的灯都被打开了，连床头的小台灯和窗台上的手电筒都没被放过。我一边叫着小诺的名字一边走进房间，发现她正在看一本漫画书，而床头柜上居然放着一把明晃晃的西瓜刀。我的脊梁开始冒冷汗。幸好我进屋的时候喊了她的名字，要不我可能就成西瓜了。从和小诺的对话中得知，她原本不光想打开所有的灯，还准备打开所有的水龙头，想给企图入室抢劫的人造成有很多人在洗澡、洗衣服、洗菜的错觉。不过最后，由于她怕自己在睡梦中不知不觉地漂上水面，放弃了浪费水资源的方法。

我正在公司上夜班的时候，小诺忽然发来视频请求。我纳闷地点了接受，然后就在视频窗口里看到了家里的凉台门。小诺说："我要睡觉了，你晚上记得看好咱们家的门，有事情就报警。"我被她的想象力所折服。如今很多专家都说视频聊天、网络交友危害真正的感情，我却要郑重地反驳他们：视频聊天有益于家庭安全和爱情幸福，当然，前提是有个人要承担看门护院的责任，例如我。

某天，我正一个人在家，小诺忽然兴高采烈地领着一个女孩走进来，说是自己刚认识的朋友。当我听说她们的相识经历后，不禁哑然失笑。从我们楼下到家里需要走过一段又长又黑的走廊，每次小诺都会找个人陪她一起走，或者是自己闭着眼睛快速地跑过去。今天小诺看到前面走着一个女孩，就想跟在女孩后面一起走，壮壮胆。但是女孩向后看了一眼，瞬间就尖叫着拼命向前跑。小诺也不敢朝自己身后看，所以也尖叫着向前跑。于是两个人就一个跑一个追。直到跑到有灯光的地方，两个气喘吁吁的人一聊天才恍然大悟，原来她们都把对方当成了妖魔鬼怪。正所谓不打不相识，两个人居然成了朋友。但是我很郁闷，小诺的胆子本来就已经很小了，现在又找了一个胆小鬼做朋友，天啊，以后的日子可怎么过啊？

我胆子太小了，你锻炼锻炼我吧！
……
我现在出去，你在家自己看完这个片子吧！
……
午夜凶铃
打开电视
一片漆黑
谁家孩子把电弄短路了？
……
亲爱的，我把电视砸了，胆大了吧？
冒着烟

女友为何半夜咬我胳膊

又是一年情人节，我下午早早地翘班跑回家里，一头扎进厨房开始狼烟四起地炒菜做饭。这是坐在我隔壁的一个女同事给我的启发，她嘟着嘴巴看着桌子上的一大束玫瑰，居然还非常欠揍地说："要是这个男的再自己下厨给我做一顿好吃的，但我肯定马上嫁给她。"我在心中默默地诅咒她嫁给一个肥胖厨师。我决定要给小诺一个惊喜，让她感动得痛哭流涕哭着喊着非我不嫁宁死不渝。

我把一本厚厚的足以当砧板的《菜谱大全》和一大包食材背回了家。正在手忙脚乱的时候，小诺的电话铃声犹如催命般响起。我匆匆按下免提键，她竟然没有任何铺垫，直接大声说："我要给你一个惊喜！"我也同样大声喊道："我也要给你一个惊喜！"这时，我敏锐眼神的余光看到锅里的油开了，马上将手里准备好的牛排扔了进去，只见油滴四溅开来。我惊讶地发现小诺的声音从油锅里传来，颇有些热情火辣的感觉。我看了看还在手里抓着的牛排，又看了看锅里的手机，低声对自己说了句"真 surprise"。

手机在入锅后第 4 秒已经寿终正寝，出锅的时候已经从乳白色变成了焦黄色，竟然让人看起来有了食欲。我看着自己准备好的八菜一汤加一份甜点，陷入了甜蜜的遐想，小诺看到这一切是会扑到我身上来给一个拥抱还是直接扑向美食呢？突然，我听到了小诺拿钥匙开门的声音，赶紧站在门口迎接她。她见到我的第一句话竟然是"亲爱的，我决定从今天开始减肥了"！

一瞬间，我突然觉得房间在旋转，天昏地暗。这时，她看到了桌子上的美食，眼神中没有惊喜，而是从疑惑慢慢地变到了怒气冲冲。她愤怒地说：“我知道我意志不坚定，但是你有必要这么来考验我吗？我明明在电话里告诉你了。”我低声说：“对不起，我的手机掉到油锅里了，没听到你说什么。”说完，我还把那外焦里嫩的手机拿给她看。她看了看手机，然后又看了看我，喃喃地说：“认识了这么久，没想到你这么狠，直接说没听清就好了，还把手机扔锅里炸。”

我独自一人消灭了那满桌佳肴，一边吃一边对自己的肚子说着“surprise”。晚上小诺坐在我面前，做出一副求知欲极强的样子问我：“你是学物理的，有没有听过电疗减肥？”我摇了摇头，只听说过电击急救，没听说过还能减肥。小诺陷入了沉思，说：“这介绍上说电疗可以很好地燃烧脂肪，促进胃消化，避免脂肪堆积，不过不知道功效如何。”我突然蹦起来，把她拉到厨房，指着案板上那块逃过一劫的牛排说：“假设这是你的肉。”她一下子聚精会神起来。我从抽屉里抽出两根导线，剥去前面短短的一段绝缘胶，将导线插进了肉里，同时将导线另一端插进了墙上的插座里。蓝色的小火花噼里啪啦地闪了一下后，房间里的灯突然全灭了。小诺吓得一声惊叫，我安慰她说：“没事，短路而已。”当我扳上电闸，重见光明的时候，发现小诺正盯着案板上那块已经变色的牛排发呆。我上前查看了一下，然后胸有成竹地说：“三分熟了。你还要电疗减肥吗？”小诺如同被电击了一样，头摇得如同电动拨浪鼓。

小诺要减肥并不让我惊讶，因为这件事情她已经念叨了很久。特别是每当夏季走在西单，我们身边来来回回走过众多身材窈窕衣着暴露的美女的时候，她总会念着同一句咒语：“我身上的肥肉归她，她身上的衣服归我。”这也导致我养成了一个非常不好的习惯，每当看到西装革履的成功男士的时候，我总会在心里念叨：“他身上的西装归我，他旁边的美女也归我。”

第二天深夜，我加班后拖着疲惫的身躯打开家门，突然发现整个房间里烟雾缭绕。我匆忙地四处寻找火源，微波炉、电饭煲、煤气灶都安然无恙。我的冷汗马上下来了，小腿颤抖着跑向卧室。我甚至预见到一幅画面，那是在众多的火灾照片上都会出现的，一个窒息的人脸色发青地躺在地板上。我颤巍巍地推开门，那幅画面比我预想到的还要恐怖。只见小诺盘腿坐在电脑前，脸上敷着深绿色的面膜，最恐怖的是她手指上居然还夹着一根香烟，木地板上掉落了十几个或长或短的烟蒂。她那敷着绿色泥状物的脸上看不出表情，只见她继续将手中的烟填进嘴里，深深地一吸，然后就大口地吐了出来。

我马上冲到她面前，半跪在桌子边，痛心疾首地说：“亲爱的，我错了，我再也不偷偷抽烟了，我再也不把烟藏起来了。从去年宣告戒烟后，其实我真的已经吸得不多了，但有时真的是控制不住。我不想欺骗你，每天下班前都要去刷牙漱口的感觉很难受。我错了，你不要自己糟蹋自己了，你不要想不开。”这时她长叹一口气说：“其实我是听人说，吸烟的女生一般都比较瘦，所以想着吸烟能减肥才买了两包烟。你要是不想戒，我不再逼你了。”我扬起自己的巴掌，在脸上来了一下，痛心疾首地说：“我一定戒，刚才看到你抽烟的样子，我才知道当年自以为抽烟的男生很帅的想法是多么的愚蠢。”在小诺准备拿烟头烫我的时候，我火速逃离了房间。

有了一个减肥的小诺，人生竟然变得惊喜不断。某天，她拿着一份报纸走进来对我说：“新闻上说人在失恋后减肥是比较快的，要不你这段时间别理我，让我自己憔悴一段时间吧。肥水不流外人田，我把那身材特好的闺蜜介绍给你当你新女朋友吧？”我沉吟了一下，说：“你无耻的样子很有当年郭德纲的风范。”还没等她说话，我就紧接着说：“她会同意接纳我这‘肥水’吗？”小诺将我按倒暴打，一边打一边说：“这么无耻的事情你都答应，并且还自以为自己是‘肥水’！”

在千奇百怪的减肥方法都见效不大的情况下，小诺终于决定接受节食减肥，每天早晨只吃几个小西红柿，中午只吃十几个小西红柿，晚上吃二十个小西红柿。由于我每天都要去菜场帮她买西红柿，菜场的老板将我亲切地称为“圣女果”。攀谈之后居然发现我们还是老乡，实在的老板非要塞给我一棵白菜，语重心长地说：“小伙子，西红柿比较贵，想省钱的话就吃大白菜吧。”

小诺有天下班嘟着小嘴，一副气冲冲的表情。我赶忙问她怎么了。她郁闷地说，下午去开会，轮到她讲话的时候，肚子居然不争气地响了起来，并且还经过了麦克风的放大……我惊讶地说：“那全公司都知道我虐待你，不让你吃饭了？”她烦躁地说：“没有，总监居然跟我说开会要把手机调成震动，你说哪有人会拿那咕咕声当铃声啊？”

饿得犹如林黛玉一样柔弱的小诺早早地睡去。半夜里，我突然痛醒，发现小诺正紧紧地抓着我的胳膊，上面还有两排牙印。她嘴里喃喃地说着梦话：“别离开我，别离开我。”我的泪水一下子盈满了眼眶，我深情地对着梦中的小诺说：“亲爱的，就算你胖到走也走不动，我也会用车推着你一起慢慢变老。”

她仿佛听到了我的心声，将我的手臂抓得更紧了，手指甲都深深地扎进了我的肉里，用带着哭腔的声音不停地说：“别走，别走，还我的猪蹄！”

女友竟然爱上了禽兽

最近一段时间，我一直愁眉不展，甚至觉得自己患上了回家恐惧症。因为女友爱心泛滥，在我不知情的情况下，收养了一条狗两只猫，从此家里就成了宠物乐园。

当那一条狗和两只猫进入家门之后，小诺就让我和它们三个一起坐在沙发上，严肃地指着我们说："你的代号改为小二，这只狗叫小三，这个白色的猫咪叫小四，黄色的猫咪叫小五。我就是你们的老大。快，喊老大。"我刚喊完，发现小三直接扑到了小诺的怀里，亲昵地拱来拱去。我也作势欲扑，老四那只死猫狠狠地在我的手背上抓了一下。小诺抱着小三回房的时候，回眸一笑说："争宠，就是这么残酷。爱妃，改天我再来翻你的牌子。"

某天，我们俩正坐在下班回家的地铁上，小诺突然接到了邻居大姐的电话。她刚听了两句，嗓门就不由自主地大了起来，对着话筒大声说："大姐，你说什么？小三正在我们家门外？正在拍门呢？能不能先让它去你家呢？什么？不去，还咬了你一口？别着急，我们俩马上回去。"刚挂了电话，旁边的人议论纷纷，一个穿着正装戴着金丝眼镜的GG义愤填膺地说："没有王法了，现在小三都这么嚣张了？妹子，这是我的名片，我是律师，有需要的话找我。"更多的人将目光投射在我的身上，我发誓，我长这么大，从来没有见过这么多各式各样的白眼。

如果仅仅是受到路人的蔑视，我倒也能一笑而过，但恐怖的是还要受那三兄弟的闲气。某次小诺出差一天，因为她担心

喂，大姐，你说什么？小三正在我们家门外？正在拍门呢？好，我们马上回去。
地铁
这找小三的人太缺德了。
找的起小三的人还坐城铁？
我是律师，我可以摆平麻烦。
…………
负心汉！
三姐啊，你怎么被关在门外了，我是小六啊！

小三小四小五吃不好，所以提前一晚煮了排骨，并且特意交代我至少要让它们哥仨吃饱。当我打完游戏，进厨房准备去拿排骨的时候，突然发现冰箱门大开，盆里连个肉沫都不剩了，只是在角落里剩下半根实在啃不动的硬骨头。回到客厅，我发现三个肇事者都伸长着腿，肚皮朝上地躺在沙发上，一副吃撑了懒得动的模样。我哀叹一声，也倒了下去。

当深夜小诺回来的时候，看到我们四个都一个姿势，马上摇醒我，着急地问："它们三个怎么了？"我看到她回来，悲从中来，恨不得无语泪先流。我指着厨房说："它们三个偷偷地打开冰箱，把骨头全吃完了。它们三个吃撑着了，我太饿了。"小诺打了我一下，说我不诚实。我转头去看那哥仨，它们居然都醒了，摆出正在看夜景、与自己无关、很无辜的pose。直到有一次，小诺打开冰箱，发现在一个肯德基全家桶里躺着正瑟瑟发抖的小四和几根鸡骨头时，才相信它们会开冰箱，从而为我洗清了冤屈。

小诺不知道受了哪个同事的蛊惑，突然燃起了要训练小三的渴望。听说小狗都喜欢玩抛接球的游戏，所以她特意买了一个球，和我一起带着小三来到小区的草坪上。她将球在小三眼前晃了两下，铆足了力气扔向了远方，嘴里喊着："小三，去捡回来。"谁知小三懒洋洋地看了看远处的皮球，没有动。小诺郁闷地踢了我一脚，说："小二，去捡回来。"我屁颠屁颠地跑了过去，再来仍将球放回小诺的手里。她又在小三的眼前多晃了两下，再一次铆足了力气扔了出去。这次小三连看都懒得看一眼，直接晒着太阳睡着了。小诺看了我一眼，没等她说话，我就跑过去捡球。回来时，我听到邻居大姐对小诺说："你家狗狗真淡定，你家老公真听话。"后来，我退出了小区足球队，因为他们每次长传球的时候，我总觉得自己在接受大型犬类常规训练科目。

傍晚，我和小四小五坐在椅子上养神，小诺牵着小三在我们面前晃来晃去。突然，从旁边的草丛中蹿出一只小京巴。小三一看对方的个头比自己小，欺软怕硬的作风又占据了它的灵魂，玩命地追了过去。可怜小诺当时正穿着睡衣，一路惊叫着被小三拖着向远处小树林跑去，我和小四小五依依不舍地目送。谁知刚过了三分钟，就从树林里传来了一阵阵狗吠，随后小三拽着小诺更玩命地逃了回来，躲在我身后抖个不停。小诺满头大汗，头发蓬松，喘着粗气说："进入人家京巴的地盘了，刚才那只估计是它们的扛把子。走，回家吧，我已经被遛好了。"

也许是小诺养宠物出了名，一天清晨，一只鹦鹉居然从窗户外直接落在了晾衣架上。小诺大喜过望，马上喜新厌旧，不再将小三抱在怀里，而是每天都摸着那只鹦鹉，嘴里不停地喊着"小六你好，小六你好"。小诺每天不停地变换着方言跟它说话，直到有一天晚上，她苦恼地问我："为什么我跟小六说了那么多话，它还是不会说话呢？"从那以后，我很关心小六什么时候能用方言大喊一声"照顾好我七舅姥爷"！

饭桌上，小诺一边吃饭，一边还将注意力放在小六的身上。我醋意大发，大喊一声："我受够这鸟气了！"小诺竖眉瞪眼，看着我说："你再说一遍！"我底气全无，陪笑两声，小声说："你别只关心小六啊，我好歹是你男朋友。"小诺哑然失笑，娇憨地摇着我的胳膊说："你别生气啊，你想，小三差不多也就 10 年的寿命，小四小五估计只能活七八年，小六的寿命更短。你何必要和它们争宠呢？等它们都死了，那我就肯定会对你好的。"听了她的话，我才消气，并立下志向，决定用我的生命耗死它们。

但是，人算永远不如天算。某天我刚进家，小诺就扑上来兴奋地说："小二，咱们家又添新成员了。"我大叫一声："什么？你怀孕了？"小诺狠狠地拧了我一下，然后将我拉进卧室，指着窗台骄傲地说："你看那里。"我定睛一看，鱼缸里一只小乌龟正在贼头贼脑地看着我。我惨叫一声，指着小乌龟对小诺颤巍巍地说："老大，它寿命比我长，它会耗死我的！"

家有小骗子

正在公司埋头工作的时候，桌子上的电话突然响了，我抓起话筒，大声"喂喂"了两声，但是里面只有死一样的沉寂。我顿时感觉到刺骨的寒冷。就在我准备挂电话的时候，突然听到那头传来女朋友小诺压抑着的抽噎声。我心中突然一沉，声音不由得发抖："小诺，怎么了？"她只断断续续说了两个字"你……你……"后就挂断了电话，我再拨过去的时候她已经关机了。

我顿时冷汗涟涟，慌忙向领导请假后就向家里赶，一边走一边六神无主地想："她今天原本应该去拿我们俩的体检报告，难道是我查出来什么绝症了？"一想到这里，我顿时觉得四肢无力，全身酸痛，甚至感觉到全身供血不足。"白血病？癌症？非典？脑瘤？"我在脑海中搜索着少得可怜的医学知识，已经觉得后半生了然无味。走进家门的时候，小诺正坐在沙发上呆呆地想着什么。我冲上去抓住她的肩膀问："我得了什么绝症？"她被我吓了一跳，脸色惨白，只有两个黑眼球滴溜溜地转着。她用低沉的声音说："不管我说什么，你都要答应我一定要坚持住，你是家里的顶梁柱，千万不能放弃自己。"听到这里，我已经感觉到天黑黑，只是麻木地点了点头。她小声说：“你得了心脏病的一种。”

这时我终于知道自己为什么有时会胸闷了。我一下子坐倒在沙发上，呆呆地说不出一句话。小诺跪在我的身边，轻抚着我的头发说：“乖，咱们不担心，心脏病还有很多种呢，咱们好好看病就好了。对了，你的工资卡密码是多少？我去把钱取出来准备给你看病。”我报完自己的密码，然后顺口问道：“我得的是什么心脏病？”她笑眯眯地盯着我的眼睛说：“我说了是心脏病的一种啊，那就是缺心眼。”说完一个人倒在沙发上狂笑起来。

我站起来指着她的鼻子怒斥道：“你爸爸给你起错了名字，你不该叫小诺，你应该叫马扁！”她歪着脑袋好奇地问：“为什么呢？”我大声说：“合起来正好一个‘骗’字，今天我是请假回来的，你赔我的工资！”

这已经不是我第一次上她的当了，但是“我高一尺，她高三丈”，从在大学里认识她的第一天起我就扮演着傻小子的角色。我记得很清楚，那天窗外万里无云，我坐在教室里看着雪白的英语四级试卷发呆，不停地抓着自己的头发。如果考试的时间不是两个小时而是一上午的话，那么我就能将自己“剃度”成少林弟子了。就在我快绝望的时候，突然从身后飞过来一个小纸团。当时我的感觉就如同久旱逢甘霖，我偷偷地回头看一眼，只见一个清秀的女孩子正对我可爱地笑着。我突然觉得她长得像雷锋一样温暖。就在我小心翼翼地将纸条捏在手中的时候，监考老师已经一脸杀气地站在了我的面前。他展开我手中的纸条，脸上一阵茫然，接着走到那个女孩面前问：“你为什么要扔一张空白的纸条？”那女孩从嘴里蹦出几个字，差点让我晕厥：“我写完了，无聊。”这时我又觉得她不像雷锋，而像雷锋笔下的阶级敌人了。

不过考试结束后我忘记了报仇雪恨，因为美色当前。一出教室我就以问罪之名来行搭讪之事，看得出她对我并不讨厌，还欣然把寝室电话号码告诉了我。晚上，我趁热打铁约她周末出去玩。她在电话里为难地说："我周末要上课啊，恐怕没时间。"我唐突地说："那我陪你一起上课吧。"她开心地说："那太好了，我正好有点儿害怕呢，你来陪我吧。"我在虚荣心得到满足的同时没有放松警惕，而是随口问道："你们周末有什么课？""我是学临床的，老师说周末要带我们去看死尸。"

我忘记自己是怎么挂掉电话的，只是呆呆地坐在桌边。宿舍几个兄弟听到我们的对话，本着兄弟情深来帮助我。老大扔给我十几本恐怖鬼故事书，老二扔给我他脖子上戴的玉观音，不过由于我没接好摔碎了，他只让我赔了80块钱。而老三则在半夜三更戴着一个骷髅头面具凑在我脸边，对着我呵气，当时我尖叫的分贝足以打下一架飞机。我整夜无眠，数"羊"都睡不着，因为不知道谁一直在放着《午夜凶铃》的配音。第二天清晨，我睁着布满血丝的眼睛大声说："我是去看死尸，又不是去阴曹地府，少给我装神弄鬼。"说完我就去找小诺了，顺手把桌子上的一张老大帮我画的符塞进了口袋。

当我见到小诺的时候，脑袋一阵缺氧，因为她背着一个巨大的写生画板。我颤巍巍地问："你们老师太变态了吧，为什么不但要看死尸，还要画死尸呢？"她微微一愣，然后哈哈大笑起来："我骗你呢，我怎么可能学那么恐怖的专业啊，我是学画画的。"虽然恨得牙花痒，但是我做的第一件事情还是趁她不注意把符埋在了土里。

接下来的事情顺理成章，她成了我的女朋友。也许是因为她觉得我这个人比较好骗吧。我们那时总喜欢玩“石头、剪刀、布”来决定谁刷碗。某天傍晚，坐在小树林的长椅上，我又提议玩“石头、剪刀、布”，并声称要带点儿彩头。她想了想居然说：“要是我赢了，你就可以亲我脸一下；要是你赢了，我就给你脸上来一下。”第一局，她赢了，果然让我在她脸上亲了一下。我顿时对这个游戏激发起强烈的好胜心。第二局，我赢了，就在我闭着眼睛准备接受她的香吻的时候，突然听到“啪”的一声巨响，而我的脸蛋顿时火辣辣的疼。我捧着脸跳了起来，大声说：“你干什么？”她低头看着自己发红的手掌，委屈地说：“我的手都打疼了，你还凶我。再说，我刚才说得很清楚了，你要是赢了，我就给你脸上来一下啊！”我只得捂着脸带她去小卖部买可乐喝，以安慰她被反震的小手。

已经忘记了那次吵架的原因是什么，我只记得自己喊了“分手”后独自走了。等到晚上八点多的时候，她突然打来电话。我按下了接听键，里面没有人说话，死寂。我试探性地喊了一句：“小诺？”只听到那边传来抽噎声，然后她低声说：“你说两个人之间的爱能天长地久吗？”我还没来得及回答，她又自言自语道：“你说如果我现在死了，咱们两个人之间算是爱了一辈子吗？”电话突然断了，我再拨过去已经是关机。

那一刻，我的心脏像是突然要跳出来了。老三拍着我的肩膀说：“冷静，你想想她最可能去哪里？”我突然想起刚才在电话里听到了水声，又回忆起第一次和她约会就是在江滩陪她写生。我大叫道：“我现在去长江了。”隔壁中文宿舍一个不明情况的同学听到了我的喊声，居然朗诵起毛主席的《水调歌头·游泳》：“才饮长沙水，又食武昌鱼，万里长江横渡……”

我出校门拦了一辆出租车就往江滩而去，但是走到半路的时候居然遇到了交通事故，众多车辆被挤在了一条窄窄的街道上。我无暇多想，下车拔腿就跑。当我气喘吁吁地冲到江边的时候，昏黄的装饰灯把江水映衬得汹涌翻腾。我看着空无一人的江滩，顿时觉得全身虚脱。在江边站了一会儿，就在六神无主的我拖着沉重的脚步往外走时，突然看到小诺正一个人坐在街边的夜市摊上啃着一根鸭脖子，而她面前则放着一盘小龙虾和一瓶啤酒。

我一声不响地坐到她的对面。她一抬头看到我，吓得差点儿把鸭脖子掉到地上。面对我愤怒的眼神，她低头喃喃地说："我在江边站了好久，等你过来哄我，谁知道你会来得这么晚。我实在饿了，就过来吃点儿东西。"我原谅了她，因为我也饿了。

我们手牵着手走在深夜冷清的街上，她突然兴奋地指着天空说："快看快看，流星流星，赶快许愿，很灵验的！"我双手合十，对着天空喃喃地说："希望以后小诺不再骗我，如果这个实现不了的话，就让我们俩相爱一辈子！"我扭过头准备去看她感动的表情，却看到她一脸歉意地说："对不起，刚才那个好像是飞机翅膀上的灯。"

小诺，你又骗我！！

童真童趣

十一长假前一天，女朋友小诺就打来电话，催我早点回家，并故作神秘地对我说："在未来的几天内，你将遇到我对你的残酷考验，如果不能顺利通过，小心你的小命！"说完就干净利索地挂了电话。当时我的脑袋一阵缺氧，心里忐忑不安地等待着暴风雨的来临。下班路上，我在公交车上看到一个身着暴露服装，把整个白花花的脊梁都露在外面的妙龄女郎。虽然旁边男士们的目光都被那一片“白花花”所吸引，但是我依然心无旁骛地看着手中的《三国演义》，因为我知道在最近几天内，一着不慎就可能引来杀身之祸。

站在房门口，我深呼吸了三次才打开门走进去，不过并没有看到里面的老虎凳、辣椒水，反而看到一个可爱的三四岁的小姑娘在沙发上睡着了。开门的声音惊醒了她，她揉揉眼睛，看到我就开始“哇哇”哭了起来。我一个大男人什么时候见过这种阵势？马上打电话求救。女朋友在电话那头冷静地说：“那是我小外甥女诗诗。我和她妈妈要出去两天，这两天你要照顾她一下，要是她出了任何问题，你等死吧！”

挂电话的时候，诗诗还坐在沙发上蹬着腿大喊：“你是谁啊？我要妈妈！”我拿出以前积累的汽车模型、女朋友的洋娃娃等东西哄她开心，只可惜她人小意志坚，依然不依不饶地哭着。我心慌意乱地跪在沙发旁边温柔地说：“小乖乖，别哭了，叔叔带你出去玩！”她哭喊着：“你肯定是想把我卖了！电视上说有很多卖小孩的！”我脑袋一阵昏厥，接着劝说：“那叔叔带你去吃麦当劳吧！”诗诗反而哭得更卖力了，她一边哭一边说：“我不吃麦当劳，我要妈妈！”就在我束手无策的时候，她抹着眼泪哽咽地说：“肯德基可以吗？”刹那间，我仿佛有了拨开浓雾见红日的振奋感觉。

坐在窗明几净的肯德基快餐店里，诗诗用我的手机跟女友通电话。她奶声奶气地说：“姨姨，叔叔在请我吃肯德基！”我没听到女友在电话里说什么，只听到诗诗小大人似的说：“姨姨别哭，想吃肯德基的话回来你就装哭，那么叔叔肯定会请你吃的！”当时我甚至有些怀疑，自己的大学毕业证是不是在某个天桥底下办的，要不我智商怎么这么低呢？

吃完之后我带着诗诗在小区里散步。经过一个水果摊的时候，她突然跑上去拍了拍一个大西瓜，然后又转身拍了拍我的啤酒肚，若有所思地问我："叔叔，熟了，你什么时候给我生个小弟弟玩啊？"我一下子愣了，而旁边的老头老太太全都哈哈大笑起来，其中一个还一边笑一边咳嗽，丝毫不担心高血压会发作。

晚上睡觉前，诗诗又晃着我的胳膊说："叔叔，给我讲个故事吧！"我只好搜刮自己贫瘠的童年记忆给她讲《卖火柴的小女孩》，给她讲《灰姑娘》。但是她总能语出惊人，让我瞠目结舌。例如讲到卖火柴的小女孩划着一根火柴给自己取暖时，诗诗同情地问："叔叔，为什么她不卖打火机呢？那样不是更暖和一些？"而讲到灰姑娘的时候，她却对那辆南瓜车念念不忘，跑到凉台上指着楼下的一辆奔驰问："叔叔，那是不是南瓜车？"我摇了摇头，然后她又指着一辆马自达问："这辆呢？"我说："也不是。"在她问了六辆汽车之后，我知道如果不给她一个答案，她就要从自行车库里寻找答案了。我指着一辆黄色的奇瑞QQ说："看到这辆了吗？这就是南瓜车！"诗诗聚精会神地看着奇瑞QQ，然后若有所思地低声说："我最喜欢吃南瓜了！"这句话导致的结果是，第二天我看到奇瑞QQ出门了，才敢带着诗诗下楼，否则她肯定会趴在车头上啃一口！

第二天大清早诗诗就把我吵醒了，然后大吵大闹着要去爬长城。我刚说了"太远"，她就不依不饶起来。我最后只得妥协。三个小时后，我气喘吁吁地背着她登上了长城，她小鼻子一"哼"，说："一点儿也不好玩！"我趁机对她进行爱国主义教育，把她抱到垛口上说：“诗诗，这是以前咱们中国人抵抗外国人侵略用的，好多叔叔都在这里打仗，让外国人不能到我们家里抢东西。你说长城是不是很重要啊？你长大了是不是也要爱国啊？”诗诗重重地点了点头。但是刚把她放下来，她就迈开步子跑到路中间挡住了一个外国人的路，挥舞着小手说：“坏蛋，不许到我们家来！”那个老外蹲下来想抱抱可爱的诗诗，但是诗诗伸手就准备开抓，幸亏我在旁边眼疾手快把她拽了出来，要不肯定会起国际争端。

晚上，因为我没有给她买一个巨大的毛毛熊，所以诗诗闭着小嘴巴坚决不吃饭。我坐在她旁边，向她讲述自己小时候家里比较穷没东西吃的情景，并且讲了自己小时候是如何抓很多蛐蛐回来，在锅里炸成金黄色然后吃掉的事情。诗诗听得津津有味，也就忘记了怄气，但是她忽然站起来指着墙角说：“叔叔，快来把它吃掉！”我定睛一看，一只蟑螂正在墙角爬来爬去。看到蟑螂我食欲全无，而诗诗还在一边嘟囔：“叔叔骗人，说吃虫子也不吃！”也许明天我该带她去趟自然博物馆，告诉她蟑螂和蛐蛐是不一样的。

第二天一早，我就带着诗诗去动物园玩。因为在十一长假期间，所以动物园里的人很多。我一边走一边抱怨说：“怎么这里人比动物还多？”诗诗突然小大人似的说：“因为人是动物变的啊，所以人一多动物就少了！”仔细一想这话还真是有哲理性。我就蹲下来问道：“诗诗，那你是不是动物变的呢？”诗诗点点头，指着孔雀园说：“我爸爸说我们都是动物变的，以前我就住在那里。”我忍着笑问：“那你妈妈住在哪里呢？”诗诗指着旁边的印度火鸡的笼子说：“妈妈住这里！”我定睛一看，这火鸡的颜色跟她妈妈的头发颜色有异曲同工之妙。就在我笑得前仰后合的时候，诗诗皱着眉头仿佛在思索一件大事。我笑着问："诗诗，在想什么呢？"诗诗一本正经地说："叔叔，你以前是哪家动物园的？怎么之前我没见过你？"当时我差点陷入了深度昏迷。

晚上，女朋友和诗诗的妈妈就要回来了，我的苦难历程也要结束了，所以下午我就早早地带着诗诗去火车站接她们。坐在公交车上，诗诗不解地问："为什么要接她们？她们不认识回家的路吗？"我拍着她的小脑袋说："那你妈妈还每天都去幼儿园接你呢，难道是因为你不认识路吗？"诗诗突然说："那是因为妈妈不让我和隔壁班的明明玩，说他长得不好看！"我无语，只得拿出手机，给她放《猫和老鼠》。虽然是英文版，但是诗诗还是看得津津有味。旁边一个老大妈看她很可爱，就搭话说："小姑娘，你听得懂吗？"正在看动画片却被人打断，诗诗很不高兴，说："猫和老鼠说话我怎么能听懂呢？"周围一片沉静，然后爆发出哄笑声。

当诗诗被妈妈抱着准备上车的时候，她忽然挣脱出来，冲着我迈开小步跑过来。我赶紧冲上去抱住她。她亲昵地趴在我耳朵边说了一句悄悄话，然后就心满意足地走了。在回去的路上，女朋友小诺多次逼问我诗诗最后说了一句什么话，我都咬紧牙关，坚决不妥协。因为那句话最好还是烂在心里比较好。

"叔叔，我回去一定问问爸爸你是从哪个动物园来的，然后我一定会把你送回去的！"

我的女友命犯桃花

我又一次看了看手表，已经9点半了。公司里大部分人都在忙忙碌碌，离我不远处的一个座位却依然空无一人，那是女友小诺的座位。

于是我压低声音给小诺打电话，学着台湾偶像剧里的台词关切地问：“小乖乖，你怎么没有来上班？是不是生病了？”她在电话那头紧张地说：“我好怕啊，我不敢去上班。”我“腾”地一下跳了起来，大声说：“发生什么事情了？”她怯怯地说：“我不敢出门，我好怕。”一瞬间，我的雄性荷尔蒙快速分泌，对着电话说：“你关好门，在家里等着我。”整个办公室的人都用送别的眼神看着我，连一向不苟言笑的上司都异常关切地说：“你快回家看看吧。家人要紧，大不了扣你一天的工资。”

我已经无暇顾及一天的工资，出门就打车往小诺家赶去。一路上，无数触目惊心的镜头在我脑海里划过，翻翻出租车上的报纸，南非飞机坠毁、东莞某歹徒连杀三人、北京某小区有歹徒登堂入室血洗全家……如此这般悚动的新闻让我的心脏更加狂跳不止。到了最后，我已经开始考虑，如果是外星人准备对小诺不利的话，我是应该对他们动之以情晓之以理，还是应该义正词严地告诉他们地球人神圣不可侵犯。

我到了小诺家楼下，顺手从花园里抓起了一块砖头。正准备上楼，一个一脸慈祥的老大妈拉住了我。她告诉我，年轻人不能太冲动，很多事情是需要好好想一想的，用砖头报复别人只能图一时痛快，而不能真正解决问题。最后，她拍着我的肩膀说：“小伙子，这社会不是一块砖头就能解决问题的。”看着面前这位白发苍苍的老人，我相信了她的话。所以我左手拿着砖，右手又抓起一根木棍，冲上楼去。

我蹑手蹑脚地掏出钥匙，开门。突然，我发现卫生间里有人影一闪。虽然看不清是谁，但是我肯定小诺的脸没有那么黑。

我站在卫生间门前，铆足了力气学香港“飞虎队”那样大脚一踹。门应声而开，伴随着的是小诺在门后的惊叫声。我连忙进去看，发现小诺脸上敷着藏青色的面膜，她坐倒在地上，不停地揉着自己的脑门。看到我进来，她愤怒地说：“你发什么疯，为什么踢我家的门？”我满含歉意，看着她洗去脸上的面膜。她洗完一照镜子，居然笑了起来，指着自己的脑门对我说：“亲爱的，你看你看，流血了流血了。”

我以为自己那一脚把她踢成了脑震荡，心中戚戚然，抓着她的手说：“宝贝，我一定会照顾你一辈子的。你还认识我吗？”她根本没有把我的话放在心上，而是指着自己脑门上那丁点大的血迹，兴奋地说：“太准了太准了，今天那本星座运程书上说我会有血光之灾，果然有啊！”然后她冲着镜子里的自己自言自语道：“小诺，你真的太聪明了，要是早上去上班的话，肯定会被汽车撞的。”

我哭笑不得地看着莫名兴奋的她。小诺又拿起那本星座运程书，一脸疑惑地说：“这本书上说我今天可能会破财，如果我都不出门上班的话，那不就不会破财了？”我无奈地摇摇头，说：“我来的时候，头儿说要扣我一天工资。”小诺一脸神秘地拉着我走到客厅的一角，指着地上说：“你看。”

我看到墙角放着三个招财猫，它们的小手都在不停地摇啊摇的。还没等我问，小诺就说：“这是我前两天在网上订的。书上说这房间的招财方位在这个方向，应该放一个招财猫。不过我想，既然要招，就不妨多招一些，所以买了三个招财猫。”当我讲起“一个和尚挑水吃，两个和尚抬水吃，三个和尚没水吃”的寓言故事时，她恍然大悟：“我说怎么这两天都没有中彩票呢，原来三个招财猫没有做好工作分配和内部员工激励。”我离开小诺家的时候，一手托着一个招财猫。还站在楼下、警惕性极高的老大妈用疑惑的眼神看着我，因为我手里不久前拿着的还是砖头，转眼就成了可爱的招财猫。

马上要到小诺的生日了，我问她有什么爱好，她想了想说：“我喜欢八卦。”我笑着说：“我知道你喜欢八卦，但是我也不能送给你几份娱乐报纸当生日礼物啊！”她皱皱眉头，严肃地纠正我说：“我喜欢的是太极八卦，最近正在研究诸葛亮的八卦阵。”我的脑海里顿时浮现出这样的画面：万马奔腾的东汉末年，一脸清秀的小诺左手捧八卦，右手挥令旗，赵云、关羽、张飞在八卦阵中左冲右突，有万夫不当之勇。

不过最后我还是在小诺的要求之下，给她买了一套女生饰品：粉色的水晶项链，粉色的水晶耳环，粉色的水晶手镯。看着小诺开心的笑容，我觉得自己买这些东西非常值得。快乐的心情持续着，直到一女性朋友小诗询问我送给小诺什么生日礼物时，我自豪地说送了一套粉色水晶饰品。她非常震惊地看着我说：“你为什么要送粉色水晶？”我茫然地说：“好看啊，她皮肤白，戴粉色的很可爱。”

小诗长叹一口气，用《水浒传》里王婆看武大郎的眼神看着我说：“你知道粉色水晶是干吗用的吗？招桃花用的。她有了你，为什么还要招桃花？”我仿佛被重锤袭击，半天说不出话来。她接着又问：“她卧室的窗台上是不是多了红色的花？”我仔细回忆了一下，说：“不光窗台，卧室、阳台、卫生间，连楼道里她都放了一盆花。我还奇怪她怎么突然这么喜欢花呢。”小诗拍拍我的肩膀，什么话也没有说就转身走了。这样的镜头我在电影上经常看到，一般发生地是灵堂，只不过他们都会深沉地说上一句“节哀”。

我需要找小诺问个明白。当我气冲冲地拿着小诺不久前送我的皮带走到她家楼下的时候，那老大妈亲切地跟我打招呼，看着我手中的皮带，笑着说："小伙子，又去换招财猫？这次要是多的话，送给我一只吧。"我没搭话，径直上楼。

走到小诺的房间门口，发现她正背对着我和人视频聊天。她一脸诚恳地说："大师，你真的觉得我的名字不怎么好吗？"音响里传来一个男子的声音："当然，'小诺'来气，说明你在生活中会经常受气。"小诺担心地说："那我改什么名字比较好呢？""'来'的反义词当然是'去'，你就叫'去琪'吧。"

"'曲奇'？那我不成饼干了？对了，大师，你上次告诉我，戴一套粉色水晶可以招桃花，但是我觉得我的生活没有什么变化啊。"

"难道真的一点儿变化都没有？"大师循循善诱。小诺这才恍然大悟，说："有变化有变化，我戴水晶的地方好像都起了一点儿红红的小疙瘩。大师，这是不是说我的运程要变，我的爱情要变红？"

经过死一样的沉默，最后音响里传来一个无奈的声音："你去医院看一下吧，可能是对水晶过敏。"

家有贤内助

我拿着前往地区高中的报到书，两只手在不停地颤抖着，上下牙齿也在不停地爆发边境冲突。女友小诺在我背后猛地拍上一巴掌，笑着问："怎么了？怎么吓成这个样子？"我白了她一眼说："又不是你去当老师，你当然不害怕了！"她叹了口气，摇摇头说："天有不测风云，人有旦夕祸福，施主，我帮你算一卦吧！"作为一名即将教语文的高中教师，我当然相信科学，坚决反对封建迷信。所以我对小诺说："我们俩来'石头、剪刀、布'，三打两胜。我要是赢了就证明我明天第一节课顺顺利利，要是你赢了，估计明天会大事不妙。"小诺用心良苦想让我赢，但是我却不争气地输了。不过她大声说："改变赛制，采用五打三胜制！"然后赛制从五打三胜一路飙升到五十打二十六胜。最后小诺灰心丧气地说："从概率学的角度来说，这种事情很少见。从'石头、剪刀、布'上就可以看到，你前途未卜，保重！"

第二天一登上讲台，我就按照小诺的嘱咐来做，先是用冷酷的眼神环顾四周，接着再学世外高人的样子干咳两声。果然，没有一个学生敢抬起头来正视我，因为他们都趴在桌子上睡觉或者是在看小说。我在内心里长叹一声，不由得后悔当初在学校上课睡觉太多，现在报应来了。我拿起黑板擦当惊堂木用，使出吃奶的力气向讲台上砸去。然后只听一声惨叫，我的手指头被自己砸了。台下的学生纷纷抬起头来，看着脸部扭曲的我哈哈大笑起来，课堂上的气氛马上活泼起来。我在心里叹气道："古有佛祖舍肉喂鹰，今有我舍手指逗学生，真是可歌可泣！"

当我回到家里向小诺讲述我第一天当老师的情形时，原本以为她会抓住我的手指嘘寒问暖，至少也会心疼地给我一个香吻，没想到她却兴高采烈地说："你好威风啊！下次谁要是不听话，你就让他抄《出师表》100遍！"我不用问也明白，小诺高中时肯定被老师如此惩罚过，要不怎么深知其中滋味呢？

不过，没有想到第二天我还没来得及逞威风，就被学生摆了一道。我刚走进教室，忽然看到教室的最后一排赫然坐着教导主任和年级组长。我背上瞬间冷汗涟涟。我鼓足勇气开始讲课，但是由于紧张，我的声音也开始颤抖起来。看着下面学生们隔岸观火的笑容，我当时连自杀的心都有了。但是比自杀更严重的是，校长的脸色越来越难看了。刹那间我忽然想起了毕业晚会上的情景。我的班主任举着一杯啤酒走到我面前说："听说你要去地区高中了，祝贺你！不过你得答应我一个要求！"当时我拍着胸脯说："您说吧，只要我能做到，肯定答应您！"班主任拍着我的肩膀："出去不要说是我的学生就可以了！"当时我瞠目结舌，而现在我终于明白了班主任的高瞻远瞩，因为他预料到了我今天丢人的一幕。

本来预计 45 分钟的课被我用 30 分钟提前讲完，之后整个教室一片寂静。我只得拿出一道问题，装作和学生互动的样子说："这题并不难，谁来回答一下？"教室里安静得连喘气的声音都没有，甚至连一个正在擤鼻涕的学生都停下了动作，生怕招来我的注意。当时我非常想念小诺，要是她在的话，肯定会给我面子。正当整个教室都陷入可怕的尴尬时，一个女孩突然举起手来，当时我激动得就好像农奴见到了亲人解放军！我赶紧挤出微笑说："这位同学很勇敢，你来回答一下！"那个女孩用蚊子一般的声音说："老师，我想上厕所！"在短暂的寂静后，教室里爆发出巨大的笑声，甚至连严峻的校长都带上一丝笑容离开了教室。

接着我又提问第一排的一个正在偷偷听 MP3 的男生："你知道《王子复仇记》又叫什么吗？知道作者是谁吗？"他手忙脚乱地站起来摇摇头。我微笑着问他："你在听什么歌？"小诺曾经交代我，要和学生打成一片，要了解学生的爱好才能让他们接受自己。男孩一提起音乐就眉飞色舞起来，大声说："《依然范特西》！"我迷惘地问道："饭特稀？那为什么不吃干饭？"学生们都笑了起来，纷纷夸我有幽默感。

小诺听完我对第二天上课的描述后，撇了撇嘴说："你教的学生能力不怎么样！"我笑着问道："那你说说《王子复仇记》又叫什么？作者是谁？"小诺挠了挠脑袋，也说不出来。我轻轻拍了下桌子，装出痛心疾首的样子说："天啊！你连《哈姆雷特》都不知道？"小诺马上恍然大悟，大声喊道："我知道作者是谁了，作者是哈里·波特！"顿时天旋地转，我觉得自己最对不起的人就是莎士比亚了。

几天后的自习课上，正当我讲得津津有味的时候，忽然看到第二排的一个小帅哥在往相隔一个过道的女孩桌子上扔纸条。只不过由于他手劲没掌握好，纸条掉在了地上。我走下讲台，向纸条走去。女孩吓得脸色发白，不敢轻举妄动，而小帅哥早把头埋在了臂弯里。我弯下身，捡起纸条一看，马上兴奋了起来。我在心里说："苍天啊，以前总是别人抓我早恋，现在我终于可以抓别人早恋了！"我决定采用逐个击破的方式，首先从胆子比较小的女生下手。我把她叫到了教室旁边的小树林边，开始以自己的亲身经历和各种报道实例，向她阐述早恋的坏处。女孩连连点头称是，并且向我保证以后一定不早恋。我左手捏着纸条，右手拍了拍她的肩膀，语重心长地说："我看好你的潜力，好好学！"

女孩转身离去。就在我为自己拯救了一个国家栋梁而开心的时候，忽然转身看到小诺正站在不远处。她走过来从我的手里拿过纸条一看，脸色顿时变了，面无表情地念道："虽然我们最近才相识相知，但是我却觉得已经和你认识很久了！"小诺"哼"了一声说："没想到你刚到学校不久，就把魔爪伸向了自己的学生。"听了她酸溜溜的话，我不禁哑然失笑，把刚才的情形详细地说了一遍。她顿时兴奋起来，大声说："快快，把那个男孩也叫出来，我也训他两句！"我求爷爷告奶奶，终于把唯恐天下不乱的小诺送了回去。

不过回到家后，她给我找出了一大堆新闻，里面全是说某地又出现禽兽教师猥亵女学生的事。小诺拍了拍我的脑袋，严厉地说："你可不许犯错误。平时别把自己搞得那么有魅力，衣服也不用穿得太干净，要不会有女学生喜欢上你的！"但是小诺，这怎么能成为你不洗衣服的理由呢？

虽然小诺并不经常出现在学校里，只是偶然会在学校门口等我，但是聪明的学生们早就认识了她。一天晚上，正当我和小诺为庆祝恋爱三周年而在一家饭馆里吃饭时，忽然看到自己的一男一女两个学生也在这里吃饭。男孩硬着头皮走到我面前说："老师好！"然后又对小诺说："水母好！"小诺一愣，男孩慌忙改口说："不对，是师母好！"我们都大笑起来。正当我准备沉下脸训他们两人一顿时，小诺居然拉着女孩的手笑嘻嘻地说："别紧张，以前你们老师上高中的时候，有次约女孩看电影，还在电影院里碰到他们班主任了呢！当时你们老师抱着女孩就亲，这才没有被他们班主任看到！"两个学生都笑眯眯地看着我说："想不到老师上学时也这么有趣。"

不久后的一天清晨，小诺早早地把我叫起来，然后大声对我说："知道今天是什么日子吗？"我看了看日历，不是生日，不是纪念日，也不是交水电费的日子。小诺笑着说："今天可是你第一次监考的日子啊，快点过去！以前都是别人监考我们，这次终于翻身做主人了。你别紧张，多抓几个作弊的，也帮我抓两个过过瘾。"

女友斗厨房

料酒也是酒

我有段时间因为经常在外面应酬，所以喜欢上了喝酒，女友屡劝不止，为此非常恼火。某天吃晚饭的时候，女友借机对我说："你要是什么酒都敢喝一杯的话，我以后就不管你喝酒了。"我自认海量，再加上知道家里最高度数的酒也无非是二锅头，并没有工业酒精，所以一口答应了下来。

女友先给我倒了一杯啤酒，我喝了，没事。接着我又喝了一杯葡萄酒，也没事。喝了一杯二锅头后，我感觉有点儿晕，但还是在可承受的范围内。可是当我喝下最后一杯酒的时候，却被一种难以言表的味道给呛着了。我问女友是什么酒，女友得意地说："料酒！"

厨房惊魂

女友平时爱发呆，动不动就走神。在厨房里她也改不了这个毛病，比如她先把油倒进锅里，然后点火，紧接着站在一边就开始走神了。我大声喊："油热了！"惊醒的她想也不想，就把案板上的鱼扔进了锅里。只可惜这条鱼还没有开膛。

有一次，女友本来想做个辣子鸡丁的，可她一到油锅旁边，就莫名其妙地恐慌起来。正当她打算把鸡肉倒进锅中时，手机响了起来，她就只顾拿起手机接电话了。眼看着锅里的油就要烧干了，我忍不住大喊："快倒鸡肉！"她一哆嗦，本来左手拿的是鸡肉，却把右手的手机扔了进去，结果手被溅了好几滴热油不说，晚饭也泡汤了。不过女友后来称她当时是在做一道叫“辣子手机丁”的菜。

西湖醋鱼

前不久，我迷恋上武侠小说。书上提到江南有一道名菜叫做西湖醋鱼，并且小说里有关这道菜的色、香、味描写极具诱惑力，看得我口水直流。我极力怂恿女友学着做西湖醋鱼。最后她经不住我死皮赖脸的纠缠，答应为我做，不过唯一的要求就是需要我去买做鱼的原料。

女友把做西湖醋鱼所需的原料写在一张小纸条上交给我，并嘱咐我早去早回。我接过纸条，揣在兜里，兴冲冲地赶到了超市。当我展开手里的纸条时，赫然发现上面用娟秀的字体写着：“原料：西湖醋鱼一条”！

小心异物

女友为了炫耀她新买的MP3，平时无论走到哪里都要把MP3挂在胸前，还塞着耳机装作正在听音乐的样子。一天晚餐时，我发现她竟然破天荒地没有戴MP3，而桌子上有一盘色香味俱全的农家小炒肉。就在我拿起筷子大快朵颐的时候，突然感觉到嘴里有个不太好嚼的东西。我以为是肉筋，就更加卖力地嚼了起来。但是女友不好意思地说：“吃到什么特别的东西了吗？快吐出来吧，那有可能是我MP3耳机上的套子。”当时我一激动，把嘴里的东西全吞了下去。

洁癖之最

某天我邀请同事来家中做客，女友欣然下厨，扮演贤妻良母角色。看着女友忙碌的身影,同事们纷纷对我表达了羡慕之情。

开饭后，同事们逐一品尝了女友做的饭菜，俱面露难色。和我关系比较好的小王凑在我耳边说："嫂子平时一定特别爱干净吧？"我迷惘地点了点头。接着他小心翼翼地说："我刚才竟然吃到了一小块肥皂。"

一场空欢喜

下午还没有下班的时候，女友就打电话给我，称晚上要为我炖冬瓜鲫鱼汤。我在电话里对她大加赞扬。等我加完班回家，发现她坐在电脑前，戴着耳机，正和网友聊得不亦乐乎。

我到厨房揭开锅盖一看，鱼汤已经全部被熬干，而鲫鱼则贴在锅底成了黑炭，并且发出"吱吱啦啦"的声音。就在我怒视女友的时候，她居然大大咧咧地说："刚才上网的时候，我突然想起你好像不喜欢喝鱼汤，所以就改变了主意，不熬鱼汤了，改成给你做烤鱼吃。不过我在等你回家的时候吃了一碗泡面，所以现在不饿。晚饭你先吃吧，不用等我了！"

菜单混搭

我生日那天，女友从超市买回了很多菜，并且对我炫耀说："你平时总瞧不起我，看我今天给你做一顿大餐。"然后她列出了一个菜单：西红柿炒鸡蛋、土豆烧牛腩、辣子鸡丁、红烧鱼块、蚝油生菜、水果沙拉。单单看着这菜单，就觉得阵容庞大，但鉴于女友以前的表现，我实在不敢对她期望过高。

果然，女友在厨房经过近两个小时的鏖战，端到桌子上的菜肴赫然是：西红柿烧牛腩、土豆炒鸡蛋、辣子鱼块、蚝油鸡丁、红烧生菜。最后的水果沙拉已经不见踪影，在我追问之下，女友才不好意思地说："水果沙拉的原料已经被我在做饭的时候直接啃完了。"

加班

某天晚上，我正在忐忑不安地等待着女友回家做饭。我看了看抽屉里的胃药和止吐药，剂量都还充足。就在我和表弟心如鹿撞的时候，电话忽然响起。女友满怀歉意地说："实在对不起，本来我买了菜准备给你们做四菜一汤的，但是领导忽然让我加班，我想今天晚上你们可能要吃方便面了！"正在一旁偷听的表弟"乌拉"一声欢呼起来，女友不满地问："他高兴什么？"我连忙撒谎道："他最近减肥，听说你不回来，当然高兴自己不用再受到美食诱惑了！"女友听了后，喜滋滋地挂了电话，居然都不问一下身高 180 厘米，体重 110 斤的竹竿表弟为什么要减肥。

我们正在吃方便面的时候，表弟含糊不清地说："哥，下回，饭前我给卫生局打电话，让他们过来封了咱家的厨房吧，这样你好我也好！"

我应该放什么呢？
二锅头
料酒
我该切块还是削片？
亲爱的，我该先放鸡丁，还是先放辣椒呢？
鸡丁
我……我……我一看到油热了，一激动就把手机扔进去了！
手机
……

求婚战役进行曲

当我按下手机上的发送键时，我的脑海里浮现出这么一幅画面：她在午夜十二点被手机铃声惊醒，一脸烦躁地打开手机后，一阵悠扬的结婚进行曲从扬声器中传出，她看着屏幕上那个穿着白西服的小男孩，甜蜜地说："我愿意。"就在我陷入遐想的时候，她的电话回拨过来了。我深呼吸两次，按捺住自己忐忑的心情。谁知接通电话后，她的第一句话竟然是："你小子有病吧？大半夜不睡觉你为什么给我发短信？并且还是空白短信，害我手机都死机了。"

她果断地挂断了电话。我顿时体会到窦娥姐姐的内心感受，都已经 2008 年了，作为一个时尚白领，小诺的手机居然还不能收彩信。我顶住被骂得狗血喷头的风险，再次把电话拨了过去。她在电话那头恶狠狠地说："你今天是不是跟我耗上了？"我尽量用温柔的声音说："亲爱的，难道你就不想知道我给你发的第一条彩信的内容是什么吗？"她大惊失色，质问道："难道是艳照？"我吓得一激灵，连忙辩解："不是不是，传播艳照是犯法的。我给你发去的是求婚短信！亲爱的，嫁给我吧！"那边陷入了死一样的沉默。就在我以为她正在做思想斗争的时候，只听到话筒那边如同火山爆发一样怒吼道："混蛋，人家求婚都是单膝跪地嘴叼玫瑰，你小子指望一条短信就娶了我啊？连电话都不舍得打？"电话又一次挂断了，我在心底大声疾呼："小诺，你就等着我猛烈的求婚攻势吧！"

等到周末的时候，我约小诺一起去内蒙古玩。一望无际的大草原让在都市生活习惯了的小诺惊呼不已。就在她惬意地躺在草地上的躺椅上看书时，突然听到一阵马蹄声。当她看到我骑着一匹白马驰骋而来的时候，吃惊地站了起来。按照我原本设计好的情节，故事应该这样发展：白马停在了小诺的面前，我飞身跳下，然后单膝跪下，给她献上一朵在马上弯腰折下的野花，深情地说“嫁给我吧，你会成为我生命中最高贵的公主”。

但是事实的发展却出乎我的意料。首先是在颠簸的马背上，我实在没有勇气冒着颈椎骨折的危险去弯腰折野花；其次是当我喊了三遍“吁”之后，白马还是没有停在小诺面前，反而加快了速度。小诺张大嘴巴，看着坐在马背上的我奔腾在大草原上，已经说不出话来。最后，还是在牧人的帮助下，我才面色惨白地从马上下来。当我质问马主人，为什么这匹白马不听号令时，他居然豪气万丈地说：“都怪你普通话不标准。”小诺轻轻地拍着我的背，温柔地说：“乖，不要难过，白马王子不是谁都能当的，以后咱可不要缺心眼了。”

一天下班，我载着小诺一起去西单逛街。当我们走到一个红绿灯路口时，突然从旁边跑出一名警察，手持相机对着我们俩连拍数张照片。我敢保证，小诺当时张大的嘴巴完全可以塞进去一个小苹果。她结结巴巴地对警察说：“你好，同志，我们俩有什么问题吗？”警察一瞪眼睛，严厉地说：“我拦着你们，那肯定有问题。你们俩违反了交通规则，麻烦这位男同志把驾驶证拿出来我看看。”我摇了摇头，老实说：“没有！”他马上从口袋里掏出一个小本，一边写字一边说：“那准备交罚金吧！”说着撕下一张纸递给小诺。她终于按捺不住自己的怒火，大声说：“你到底是哪儿的警察？哪有骑电动自行车还要驾驶证、还要罚款的？”但是当她看清纸上写的字时，惊讶得说不出话来。

我拉着警察向小诺介绍说：“这是我常给你提起的我的发

小——陈磊。难道你没有发现他穿的是刑警制服，而不是交警制服吗？”陈磊笑着说：“嫂子，嫁给他吧，虽然他身上毛病挺多，但是这对你是一个多么大的挑战啊，你的人生将变得很有意义。”小诺温柔一笑，居然说：“刑警破案讲究证据，等他拿出爱我的证据时再谈求婚吧。”

当小诺在电话里有气无力地说她正在发高烧的时候，我赶紧过去把她送到医院，然后在旁边嘘寒问暖。小诺高烧达到39.5度，小脸被烧得红扑扑的，昏昏沉沉地坐在我旁边。我看看周围，除了一个老太太正在输液外，再没有其他人，就扳起小诺的脑袋，深情地问：“宝贝，嫁给我好吗？点点头就可以了。”小诺努力地睁开眼睛，紧紧地盯着我，眼神中充满了哀怨和柔情，头却一动也不动。“来，我跟你说句悄悄话。”当我凑近的时候，她突然咬了我耳朵一下，然后恶狠狠地说：“臭小子，别看我发烧，就妄想趁火打劫。”

又经过一段时间，我再也没有提起求婚的事情。小诺反而有些着急了，每天都要让我看一些身残志坚、百折不挠的励志故事，教育我，男人一定要有毅力，要不达目的永不罢休。

北京欢乐谷中，伴随着声声尖叫的呼啸而过的过山车上，我闭着眼睛，一边尖叫一边拉过小诺的手，将一枚戒指套在了她的手指上，然后大声喊道：“亲爱的，嫁给我把！”只可惜小诺在一边只是单调地尖叫着，似乎根本没有听到我说什么。走下过山车的时候，脸色惨白的小诺看着自己指头上的一枚银戒指发呆。就在她要发飙的节骨眼上，我慌忙拿出一个装着钻戒的盒子，对天发誓道：“我怕在过山车上一旦对不准的话，钻戒掉了就麻烦了，所以先买了几个银戒指试一下。现在看来没问题。走，我们再去坐一次过山车。”

小诺一脸惊恐，向后躲去，一边摆手一边说："我不坐过山车了，我不坐了。还有，你居然在空中把求婚戒指戴到了我的大拇指上，你以为是扳指啊？"我马上问："那你愿意嫁给我吗？"她一撇嘴，俏皮地说："你先把钻戒拿给我看看。"

当我把钻戒盒子放在她手心的一刹那，突然发现她的瞳孔急剧收缩，抓紧戒指转身就跑。在我第一把没有抓住她的时候，她就不断地拉大和我的距离。我气喘吁吁地弯腰站在电线杆旁休息，她的短信随之而来，上面的内容让我差点咬舌。

"这次求婚我不能答应你，钻戒先没收了。记得千万不要放弃，一定要再来追我。另外你该减肥了，我可是练了一个月的跑步机。"

结婚，千万不要发短信

上大学的时候，当别人问我结婚是什么时，我总会一脸纯情地说："结婚就是一男一女穿得道貌岸然在很多人面前山盟海誓。"但是当工作后参加了若干场婚礼，我总会一脸愤恨地说："结婚就是一男一女穿得道貌岸然在洞房里面数钱。"

死党阿龙结婚前两天来找我喝酒，美其名曰"告别单身的糊涂往事"。看着他短短一个月时间就已经消瘦的脸庞，我惋惜地说："短短一个月时间，你成熟了。"他喝了一大口啤酒，长叹一声："兄弟啊，哥哥这次是栽了，但是你千万要记住一句话。"

当他用义愤填膺、气吞山河的气势说出"结婚通知亲友千万不要发短信"时，我看到了他眼神中深深的悔恨。

阿龙和准新娘都是怕麻烦的人，所以当初就没有一个个的打电话给同事、朋友，而是选择了发短信的方式，并且是群发。当短信一条条回复来的时候，阿龙的心脏也经受了一次次的严峻考验。

“哥们，实在不好意思，下周就要去非洲出差，恐怕婚礼赶不上了。”“兄弟，新婚快乐，我真的想参加你们的婚礼，但是可惜上司派我去美国公干半个月。”……这样的回复短信让阿龙短时间有了自己是安南的错觉，朋友已经遍布五大洲四大洋了。阿龙长叹一声：“以前我接到通知，总说自己去北京、上海、铁岭之类的地方出差，现在真是报应啊！”

“你认为结婚是你想请假的最好理由吗？”顶头上司的回复让阿龙有了想辞职的冲动，但是想想沉重的房贷，阿龙老老实实地回了条短信：“头儿，放心，洞房之夜就是我交项目之时。”

“你是几婚？我一般一婚送100，二婚送200。”看着这么一条体现当代学者严谨认真的短信，阿龙用了同样严谨的回复：“我三婚。”对方只回了轻描淡写的一句话：“我不会按照等差数列来算。”

“哥们，需要火车票吗？蜜月情侣假我给你打折，原价基础上再加100元就可以了，热门城市还可以再优惠。”阿龙想了很久，终于记起来这个人是春运时联系过的票贩子。

“突然结婚？媳妇有喜了？记得到我们医院啊，我老婆在妇产科，内部价。弟妹是上次你带到医院找我帮忙的那个吗？”这条短信顿时在阿龙和准新娘之间掀起了酸风醋雨。阿龙最后对着老婆发誓：“那是我同事，胃病犯了我才帮忙送医院呢。要是我说谎的话，就让我一辈子给你做牛做马。”快要结婚的女人都是弱智的，这么一条毫无价值的誓言竟让生活中少了一出《落跑新娘》的好戏。

“你终于要结婚了，但是你还记得当初对我的山盟海誓吗？如果我出现在你的婚礼上，让你跟我一起流浪天涯，你会抛下一切跟着我走吗？”阿龙一脸苦闷地冲我诉苦说：“我也不晓得怎么也发给前女友了，你说她到时候不会真来捣乱吧？”我富有八卦精神地追问：“你到底对她说了什么山盟海誓？”阿龙怒吼一声：“别问了，我老婆问我一个星期了，我早就忘记了。”

“哥！你要结婚了？婚礼上一定要把嫂子带来让我看看！”看着妹妹的短信，阿龙当时就快崩溃了，对着电话怒吼：“你高考考傻了吧？我是结婚，又不是说单口相声！”

“要结婚吗？需要租车吗？我这有几辆特拉风的甲壳虫！”看着一个昔日好友的短信，阿龙有了欲哭无泪的感觉，马上回了一条“甲壳虫就算了，有屎壳郎没”？

正在这时，电话铃声响起，阿龙对着话筒一脸谄媚地说：“老婆，我没有出去胡混，自从我认识你，就已经同狐朋狗友划清了界限。我正在老刀这里，对对，他收到我短信没回，我过来通知他一下。”

明天我要嫁给你了

“明天我要嫁给你了！”我禁不住想对全世界高喊这句话，虽然我爸妈听到我说这句话肯定会恨不得用拖把追我三条街。原因很简单，我是男人。只不过我在未婚妻小诺面前一点儿都没有个男人样，特别是我不该在掏 4999 块大洋拍了几张婚纱照后还问摄影师追要那一块钱的找零。

“明天我要嫁给你了！”我和小诺从小到大青梅竹马，只可惜我对她从来没有“一日不见，如隔三秋”的感觉。工作后，她时常对我说在网上又有人跟她求婚了，而且她说这话的频率越来越高，以至于我也怀疑自己到底有没有发现她的内在美。本着“近水楼台先得月”、“猴子敢捞水中月”的原则，我开始试图去重新认识她。但是和她结婚完全缘于一个赌博。她赌我不敢在彼此父母面前念她的网名，年少轻狂的我没有感觉到危险的气息就应战了。最后我输得很惨，因为她的网名居然叫做“我要向你求婚”。我硬着头皮念了之后，她居然还小鸟依人般说了句：“人家都不好意思了，我答应你。”这件事情教育我，一定不能赌博！

不过我很庆幸自己找到了一个小诺这样的好老婆。她是那么的善解人意，怕我长时间坐在电脑前对眼睛不好，她就拉着我逛了八个小时零五十分钟的街，走了大约二十华里，目的是锻炼我的身体；怕我每天生活太平稳让性格没有了棱角，她就在一家店里买了一条PRADA的围巾，虽然我看着颜色与厨房的那条抹布酷似，但是她却花了380元，目的是为了让我的心理素质经得起考验；怕我不经常运动，她就大包小包买了大约三十斤的东西，目的很简单，就是让我品尝武装越野的滋味。不过我还要感谢她把我的现金全花完了，使钱包不至于成为我的负担。

以前我没有发现她在购物方面的潜质。记得在一个风高月黑的夜里，我对她表白：“亲爱的，我没有太多的钱，我不能给你太富裕的生活，你嫁给我是不会有好果子吃的。”当时她羞红了脸颊，低声说：“我就是不喜欢吃好果子，我跟着你天天吃煎饼都愿意。”当结婚沦陷进入倒计时的时候，当我的经济命脉被她牢牢地抓在手上的时候，我才知道她喜欢吃的煎饼还有个英文名叫 PIZZA。

某天，我正在工作的时候，忽然接到老婆的电话。她温柔地问我晚上想吃什么东西，体贴地问我早上帮我扎的领带舒不舒服。这时我看看手表，刚刚上午 10 点钟，并且她给我扎的领带已经被所有同事评为“最怀旧红领巾扎法”。我小声问：“你是在逛街吗？”“对啊，老公，你真聪明。马上我们就要结婚了，所以我就买了两条连衣裙。”我接着说：“是不是还有两件特别喜欢的？但是一件贵一件便宜，所以拿不定主意？”她高兴地说：“你真是我的知音啊，我相中了一件 LEE 的牛仔裤和一件 CHANEL 的短裙，正在犹豫呢。”“那你都买了吧。”并不是我不心疼钱，而是反正钱在她手里，我的意见永远是参考意见。她在电话那边高兴地说：“老公，你真好，我也给你买了件名牌衣服。”回到家，我才明白，原来耐克袜子也可以称为名牌衣服的。而且，我们的冬季婚礼跟连衣裙可以扯上关系吗？

婚礼临近的某一天，她拉着我要去吃巴西烤肉。我语重心长地说：“小诺，咱们都不小了，马上都要结婚的人了，别搞得跟小情侣似的去找什么情调，想吃烤肉的话就在咱家门口的大排档里吃点儿得了。”她只好嘟着嘴跟我走向大排档。在烧烤摊前，我又语重心长地说：“小诺，咱们都不小了，马上都要结婚的人了，你再吃这些东西，那件婚纱就只能当紧身衣穿了。咱们还是回去吃方便面吧？”

她可怜巴巴地说：“方便面最没有营养了，那不是个好东西。我曾经有一个朋友，也是为了结婚省钱，她就早上吃泡面，中午也吃泡面，晚上还吃泡面，三个月后她就死了。”我大吃一惊，急忙问：“她难道就是因为吃泡面死的吗？是不是吃多了得了癌症？”小诺想了一会儿说：“她是出去买泡面的时候出车祸了。”

我无语。

其实我很满意老婆最近的购物状态，一条 GUESS 短裙花了 680 元，很少的一块布。老婆解释说浓缩的都是精华，并且拿我做类比，说我体重 170 斤，身高 170 厘米，正是浓缩的典范。自从开始准备婚礼之后，我就对美宝莲、资生堂、圣罗兰、香奈尔之类的化妆品品牌了如指掌。单位的女同事都夸我越来越不像个男人了，她们都以为我准备辞职开个化妆品店，其实我只是个快要结婚的可怜男人罢了。每次逛街前，她总是让我背一遍《逛街必读》："老婆的眼光永远是正确的，老婆谈的价钱永远是最划算的，老婆买的东西永远是最好的。我一定在老婆的正确引导下，逛遍大商场，杀遍专卖店，脸上不许挂旧社会佃户的表情，心里不许计算买裙子的价钱可以买多少个包子。"

又一个周末，我先下手为强，拉她去动物园玩。我的目的只有两个，一是可以不去逛商场，二是用活生生的例子告诉她，如果两个生物（包括人在内）真心相爱的话，只要住到一个笼子里就可以了，没有必要一定要去欧洲度蜜月。就在我们说话的时候，忽然旁边笼子里一只大猩猩嘶叫着扑向另外一只大猩猩。我也拍着自己的胸脯说："老婆，以后我就会像这只大猩猩一样，谁敢欺负你，我就扑上去教训谁！"正在小诺感动得快要泪眼婆娑的刹那间，一个饲养员拿一根大棒子敲着笼子分开它们，一边敲嘴里一边说："这家伙怎么又打老婆了！"小诺一听，拔腿向前跑去，一边跑一边说："我不要跟你这个大猩猩在一起，我要去找金丝猴，金丝猴不打老婆！"

从动物园归来，老婆走在身边，用鹰一样的眼神搜索着路边的专卖店。这时她可能被一些电影上的镜头或者是路边接吻的一对中学生刺激了，对我说："老公，如果我们正在举行婚礼的时候，忽然被人潮冲散了，谁也找不到谁了，从此我们俩将天各一方，你对我说的最后一句话会是什么？”我想了想说：“老婆，快点让饭店少做一个人的饭！”

男人的私房钱

“作为一个名牌大学的数学系高材生，我当年可以说是校园中的一盏明灯，虽算不上风流倜傥，倒也算能引起那些莺莺燕燕的一阵惊呼。”我喝了一口啤酒，长叹一声。胖子在一边小心翼翼地说：“老刀，现在你是不是只有存私房钱的时候才用得上数学专业？”

我怒目圆瞪，指着他的鼻子说：“你小子不许胡说八道，存私房钱这样一个光明伟大的事业怎么可能只用上数学？包括心理学、教育学、经济学、刑侦学等学科都会用上的。”看着胖子迷惑不解的表情，我正准备对刚刚谈恋爱的他循循善诱一番，突然我自设的电话铃声响起：“从现在开始，你只许对我一个人好；要宠我，不能骗我；答应我的每一件事情，你都要做到；对我讲的每一句话都要是真心……”胖子喃喃地说：“真是恩爱夫妻啊！”

我白了胖子一眼，因为他们都不知道，这段铃声在张柏芝的名言之后还有我老婆小诺自己加上的一句话：“交出私房钱，花姑娘大大的，不交私房钱，花姑娘很生气，你就要死啦死啦的。”所以我从来都会在第一时间接老婆的电话，生怕她的名言从扬声器中传出。因为我的雷厉风行，以至于领导都很想让我兼职做做接线生。

“什么？你要把家里的茶叶送给咱爸？不行不行，那盒茶叶都放了一年了，老爷子喝了不好，再说又不是什么好茶叶。等我下班买两盒上好的龙井给他。什么？已经给他带走了？那好吧，没事了。”我挂了电话，一脸的悲伤。胖子问：“怎么了？难道那茶叶是你初恋情人送你的礼物？”我痛苦地摇摇头：“不是，但是我上个月的一千块钱奖金在茶叶里面藏着呢。我以为反正家里也没人喝茶。”

胖子今年 27 岁了，但是最近刚刚初恋，显然还无法理解我的苦处，反倒拍着胸脯说：“男子汉大丈夫就该出门豪气万丈，为什么要把钱都上缴呢？”我苦笑两声，然后盯着他说：“如果你那个头发跟火鸡似的小情人对你发嗲说‘胖胖哥，你爱不爱我？你要是爱我，就把工资卡交给我吧’，对于你这种老来得妻的家伙，还不乖乖上缴才怪。”一向乐观的胖子脸上顿现忧国忧民之色。

正在这时，电话又响了。“喂，小诺啊，我晚一会儿回去，正和胖子在一起呢。他刚交了一女朋友，钱都被那个还在上学的女大学生管着，正在对我诉苦呢。我等会儿就回去，还是你好啊！”挂了电话，胖子一脸的愤慨：“上学的时候你追女孩就老让我背黑锅，现在还是恶习不改。”

我大呼冤枉：“恶习不改？我在学校什么时候洗过衣服？不都有小姑娘帮忙嘛。我什么时候打扫过宿舍？不都有你们实在无法忍受就会干嘛。但是我现在经常帮老婆洗衣服，每个星期都会收拾一下房间。”胖子一脸的质疑，冷哼一声：“你会收拾房间，那个母什么都会上树。”

我小心地看了下四周，然后压低声音说：“你不知道，我老婆那个家庭财政大臣加上马大哈经常不记得自己口袋里有多少钱。我每次洗衣服都能从她口袋里拿个几十块钱。再说打扫房间的话，在床下、桌子下，你总会发现惊喜无处不在。”

胖子瞪着一对小眼睛看着我说：“一次拿几十块钱？为什么不多拿一些呢？”我无奈地摇摇头以表示对他智商的不满：“如果你只有一只老母鸡，你是愿意炖了喝一次汤呢，还是吃上几个月的鸡蛋呢？”他如同醍醐灌顶一般恍然大悟道：“你怎么一结婚就把你老婆叫做老母鸡啊！”我连忙小声说：“这是比喻！”他不屑一顾地说：“上学的时候你总把她比作你的小百灵，现在倒好，比喻物都堕落成老母鸡了。”

我不理睬他的胡搅蛮缠，而是神秘地说：“咱们哥们关系好，我告诉你一般私房钱都放在什么地方最保险吧。”胖子撇撇嘴说：“我觉得放在公司最保险，不到最后撕破脸皮，没有女的会到公司翻箱倒柜的。”我马上摇头说：“当然不行了，放在公司，眼多嘴杂，再说万一公司失窃了，自己回家还不好说。我就曾经把钱放在家里的那本最厚的《辞海》中间，那种书其实放在家里就是撑门面的，老婆不会去看，轻易也不会卖。”

胖子果然被我的说法吸引住了，好奇地问：“有意思，那还有什么地方吗？”“地方多了，电脑主机拆开，把钱放在机箱里，女孩谁会想到去拆电脑？还有，例如大幅照片和相框之间的夹层，都是不错的放私房钱的地方。”胖子接着问：“那我那里有一堆杂志，放那里面她就找不到了。”我惋惜地看着他说：“别人都说胸大无脑，我没想到你肥头大耳的一有为青年居然也发育不完全。那么多杂志，过不了几天，你自己都忘记放在哪本里了，万一再被当破烂卖了，就更加得不偿失了。”

他诚恳地点了点头。我更加得意地说：“另外，你平时买东西，一定要节约，要货比三家。现在是市场经济了，你要学会用最低价买进，回去用最高价报账，那中间的差价就是你的了。”胖子已经佩服得五体投地，握着我的手说：“大哥，你就是传说中干外贸的吧？”我提问他：“如果一斤大米2块1，你觉得怎么比较省？”胖子想了想，说：“我买5斤，回去报6斤，就省出来一斤的钱。”我长叹一声说：“少这么多，回去很容易被发现，轻则骂你没常识受骗上当，重则逼你去消协告状，得不偿失。”胖子求知若渴地问：“那我该怎么办？”“一斤一斤的买，这样的话有些商贩很容易把零头给你舍掉。这样一来，一斤大米就省出来1毛钱了。”

胖子不解地问：“那也太慢了吧？有没有快速致富的方法？”我安慰他说：“私房钱本身就是考验男人的耐性、抗压力和敏锐的观察力的事情。有句名言不是说‘与妻斗，其乐无穷’吗？”

胖子突然挤起满脸的褶子对着我媚笑，我有了种不祥的预感。只见他飞快地拿出手机，对着电话里说：“嫂子，你赶快去查一下《辞海》，还有你们俩结婚照的夹层和他的主机，里面应该有不少私房钱。马桶水箱盖下面也可能有。谢谢你给我介绍女朋友啊。”挂完电话，他看着我喷火的眼睛，竟然理直气壮地说：“老刀，不怕，你生活在白色恐怖之下，我理解你！下次你就把私房钱存我这里，保证万无一失！”

一把油炸花生米向他的脸上呼啸着飞去……

疯狂的孕妇

曾经无数次地问自己什么叫幸福，每个阶段都有不同的答案，例如拿到奖金，例如走在大街上有个开跑车的漂亮MM搭讪，哪怕她只是将你当做停车场工作人员。直到有一天，我打开家门，老婆小诺手里捏着一条验孕棒冲了出来，张牙舞爪地对我说：“有了有了，中队长了！”我一时没有反应过来，等到她冲到我的面前，将验孕棒伸到我眼前时，我的脑海里才轰然出现了一句话：“老子要当爹了。”那一刻我想起来的第一个人竟然是小学体育老师，当年，他提着我的耳朵将我拽到学校门口，恶狠狠地说：“等你有了孩子，再自称‘老子’吧。”这一天，终于来了。

刚晋升为新鲜孕妇的小诺对自己的身份转变还不能适应，调头就拿起轮滑鞋兴致勃勃地说：“走，咱们下楼滑两圈庆祝一下。”我冷汗涟涟，赶紧将亢奋的她按坐在沙发上，用我那擅长微积分的头脑理清头绪，说：“咱们首先需要确定这件事情的真实性。”

那天，我们楼下药店的美女售货员也很开心，因为我将她们店里每个品牌的验孕试纸都买了两个。在结账的时候她频频对我放电，嘴唇动了几次，我知道她一定想问我到底有几个怀孕的老婆。我没有等她问出来就落荒而逃，就让这个不解之谜伴随着她后半生的卖药生涯吧。

回去后我们夫妻二人面对桌子上摆着的密密麻麻的“中队长”发呆。过了很久，小诺才冒出一句话：“此情此景让我想起了小时候穿着白袜子参加少先队代表大会。”不过这件事情产生的后遗症就是，家里还剩下很多没有拆封的验孕试纸。之后有一次，小诺为她的闺蜜介绍男朋友，在见面前偷偷地塞了两个试纸给还处在妙龄的闺蜜。她接到手里，原本还以为是杜蕾斯或者杰士邦之类的，正准备欲拒还休客气一番，突然低头看到是验孕试纸，脸色风云突变，幽幽地说：“你倒是一条龙服务啊，介绍男朋友送验孕试纸，你怎么不再加个奶嘴？”

不得不说一下，在如今这个信息爆炸的时代，很多电视剧对人们的影响已经不容忽视，例如小诺在得知自己怀孕两个月之内都愁眉不展。又一部电视剧上，一个女子正在说话的时候，突然干呕几下，捂着嘴冲去卫生间，然后再回来就一脸娇羞状，仿佛去的不是卫生间而是桃花源一般。小诺看到这里就痛苦地说："为什么人家怀孕都要吐，而我却死活都不吐呢？是不是咱们的宝宝不太正常？"接下来我搜索了众多文献资料，告诉她吐不吐只是跟人的体质有关，并没有大问题。不过她明显没有把我的话放在心上。接下来的某天夜里，我们走在街上，突然看到前面有一个光头大叔正在扶着树卖力地呕吐，方圆十五米内都能闻到浓郁的酒味。我正要拉着小诺冲过去，却看到她正在盯着大叔看，眼神里放射出找到榜样的光辉。在明亮的路灯下，我义正词严地对她说："你要是敢回去喝酒的话，小心我和你玩命。更重要的是，你想要是你喝了太多的酒，咱们家的宝宝就等于泡在酒里了，多恐怖啊！"对人体结构不太清楚的小诺，脑海里浮现出了曾经生物老师手里拿着的泡在福尔马林里的青蛙标本，马上放弃了醉酒催吐的想法。

在关于生男生女的问题上，我和小诺进行了一次非常严肃正式的谈话。原本她很想要个小男孩，连续一个星期都在埋头看《古惑仔》系列，美其名曰进行"胎教"，让儿子以后能爷们一些。我无奈地摇摇头说："你好歹也看看《三国》，学学赵子龙百万军中取上将首级也成，干吗要学一些香港小混混呢？"小诺愤怒地说我思想封建，称孩子生下来就应该有向国际化大都市发展的志向。她的原话是这样说的："你希望你儿子以后出去说是从尖沙咀混出来的，还是说从北京门头沟混出来的？而且你也不能教孩子乱取上将的首级啊！"有人说，女人怀孕就变笨，子龙前辈就顶着偷首级的恶名多包涵吧。

我只让她看了三样东西，小诺就再也不希望生儿子了。第一样是北京房价走势图，某专家预测二十年后，北京的房价每平方米将达到10万元。我指着曲线图说："老伴，等孩子长大，就要娶媳妇了，那么我们老两口刚还完自己的房贷，紧接着就要为他挣首付娶媳妇了。那时的房价，我们说不定卖肾都凑不够钱。"她一听，脸部肌肉一阵抽搐。紧接着，看到最近电视上正如火如荼的相亲节目《非诚勿扰》时，我指着上面说："你是想我们生个儿子上去被女嘉宾侮辱呢，还是想生个侮辱别人的女嘉宾呢？"她不假思索地说："我要生个侮辱别人的人。"第三样东西更简单，我只对她说了一句话："生个儿子，你有朝一日就成婆婆了。"她马上脑袋摇得犹如拨浪鼓，不停地说："天啊，要是碰上个坏媳妇，我就完了。"

此后每天她都拍着肚皮说："宝宝，你可一定要是个女孩，要不妈妈下半辈子可怎么办啊！"

日子一天天过去，小诺在家里一直犹如封建社会的太皇太后一般，过着衣来伸手饭来张口的日子，肚皮也一天天鼓了起来。她却总喜欢逼问我："我的肚子不算大吧？身材还可以吧？"为了让孕妇保持愉快的心情，每次我总会违背良心说："对，你的肚子不大，不仔细看根本看不出你怀孕了。"世界上没有戳不穿的谎言。某天，当我们挤上城铁，一个小学生模样的小男孩马上站起来说："阿姨，你怀宝宝了，你来这里坐吧。"小诺此刻居然还作出无辜的表情说："小朋友你坐吧，我没有怀孕。"周围的人都用不可思议的目光看着她，也许是头一次看到有人让座而不去坐的孕妇吧。小男孩脸都红了，还是不肯坐下来，坚持说："阿姨，那你的肚子太胖了，你坐吧。"周围人都笑了起来。出了城铁站，我站在街边揉着自己的脚面，她气呼呼地说："你不是说别人看不出来我怀孕了吗？"我只能用一句俗得不能再俗的话说"怀孕就像怀才一样，时间长了，别人总会看得出来"。

当宝宝第一次胎动的时候，我和小诺都激动得说不出话来。但是过了一段时间，胎动频繁的时候，我们俩已经没有了开始的新奇感。这时我们最常说的话就是"宝宝，听话，踢你爸"、"宝宝，听话，踢你妈"。一天，小诺正色地警告我说："以后我们俩都不能把宝宝再当做凶器来用了。这样的胎教不好，以后宝宝出来了只会踢人怎么办？"我没经过大脑思考，就直接喊道："那就加入国足！"小诺用利刃般的目光看着我，恶狠狠地说："他要是敢加入国足，看我不打断他的腿。"

我从外地出差回来，第一时间就趴在小诺肚皮上，轻轻地说："宝宝，爸爸出差回来了，来，踢一下。"过了两分钟没有任何动静。小诺笑着说："这个时候就看我的吧，还是我的话管用。"她轻轻地敲了敲肚皮，然后说："宝宝，来，踢爸爸一下。"然后就用一副得意的表情看着我。但是过了三分钟，也丝毫不见动静。

我哈哈笑着说："你看，你看，你的话也不管用吧！"她的大眼睛放射出狡猾的目光，恍然大悟说："我知道为什么宝宝没有反应了！"我原本以为她会说出"宝宝睡着了"之类的理由，没有想到她更狠，看着我说："嗯，可能宝宝觉得你不是他爸爸，所以才没动！"听完她的话，我就晕倒在了沙发上。